신카이 마코토 작품

스즈메의 문단속

공식 비주얼 가이드

별과 저녁노을과 아침의 하늘과―
길을 잃고 들어간 그곳에는
모든 시간이 녹아 있는 듯한, 하늘이 있었다.

나는 걷다 지쳐, 찾다 지쳐, 울다 지쳐
더는 한 걸음도 내디딜 수 없었다.

그때 그 풀밭에서 만난 그 사람을,

내내 찾고 있었다―.

"다녀오겠습니다."

"문을 찾고
있어."

"거기 있어요? 잘생긴 분!" 소리를 높이며 폐허가 된 온천 마을을 나아가는 스즈메. "저랑 어디서 본 것 같은데요!" 길거리에서 남자들이 여자를 유혹할 때나 쓸 법한 말에 자신이 부끄러워지고 만다.

"문이라고 했지……."

하얀 문에 빨려들 듯 스즈메는 신발을 신은 채 물속으로 걸음을 내디뎠다. 문 옆에서 들어 올린 조그만 석상은 차가웠는데 스즈메의 손안에서 털로 덮인 무언가가 되었다

하늘 가득한 별과 하얀 구름과 태양이 동시에 펼쳐진 환상적인 공간에서, 오로지 엄마를 찾아 헤매는— 곧잘 꾸는 꿈에서 깬 스즈메는 이모 타마키의 재촉에 일어나 학교로 향했다.

해안을 따라 뻗은 언덕길을 자전거로 내려가는데 언덕을 올라오는 청년이 보였다. 그 모습을 보자마자 스즈메는 자기도 모르게 "예쁘다……"라고 중얼거렸다.

청년은 스즈메에게 말을 건다. 폐허에 있는 문을 찾고 있단다.

갑작스러운 만남에 두근거리는 마음을 품은 채 등교하던 스즈메는 문득 몸을 돌려 청년을 뒤쫓아 오래된 온천 마을의 폐허로 달리기 시작했다.

낡아빠진 호텔 안을 뒤지지만, 청년은 보이지 않는다. 포기하고 돌아가려던 스즈메의 눈에 폐허 중정에 우두커니 서 있는 하얀 문이 들어왔다.

불가사의한 문을 열자 그 너머에는 별빛이 가득한 초원이 펼쳐져 있었다. 하지만 아무리 문을 통과해도 눈앞의 초원으로는 갈 수 없었다…….

뭔가에 걸려 비틀거린 스즈메가 아래를 보자 조그만 석상이 있었다. 주워들자마자 석상은 생물인 듯 움직이기 시작하더니 스즈메의 손에서 뛰어내렸다. 믿을 수 없는 상황이 이어지자 스즈메는 도망치듯 폐허 호텔을 뛰쳐나와 학교로 내달렸다.

"저게 뭐야……!"

"어, 지진이야!"

산에서 피어오르는 연기 같은 것을 알아차린 스즈메는 반 친구 아야와 마미에게 "산불인가?"라고 물어본다. 그러나 둘은 아무것도 보지 못했고 그때 긴급 지진 속보의 경고음이 울린다.

지진 경보음이 울리고 격렬한 흔들림이 스즈메와 청년을 덮친다. 떨어진 건물 철골로부터 청년은 스즈메를 감싸 보호하다가 왼팔을 다쳤다.

"닫아야만 하잖아요, 여기를!"

교실에 도착하니 창으로 폐허가 있는 산에 이변이 일어나는 게 보였다. 그 직후 지진이 일어나고, 산의 이변은 자기 눈에만 보인다는 사실을 자각한 스즈메는 불안한 마음에 쫓겨 다시 폐허로 달린다.

폐허에 도착하자 교실 창문으로 본 검붉은 탁류가 스즈메가 열어놓은 문에서 분출하고 있었다. 그리고 그 문을 닫으려는 듯 아침에 언덕길에서 만난 청년이 열심히 문을 밀고 있었다. 청년은 스즈메에게 "여기서 나가!"라고 했으나 더 거칠어진 탁류에 청년의 몸이 팅겨 나갔다.

거대한 꽃처럼 하늘로 뻗어나가 상공을 덮은 탁류는 지상으로 쓰러지기 시작하더니 커다란 지진을 일으켰다.

청년은 스즈메를 보호하려다 다쳤으면서도 다시 문을 닫으려 한다. 스즈메도 가세해 힘껏 문을 밀자, 청년은 주문 같은 말을 읊조리기 시작했다. 그러자 주위에서 그 자리에 없는 사람들의 목소리가 들리기 시작하고…….

드디어 문이 닫히고 청년은 문에 나타난 열쇠 구멍에 열쇠를 꽂고 돌렸다.

"아뢰옵기도 송구한
히미즈의 신이시여.
머나먼 선조의 고향 땅이여.
오래도록 배령받은
산과 하천이여.
경외하고 경외하오며
삼가……"

"돌려드리옵나이다……!"

"미미즈는 일본 열도 밑에서 꿈틀대는 거대한 힘이야."

문에서 나오던 검붉은 탁류는 '미미즈'이며 땅속 깊은 곳에서 꿈틀대며 토지를 흔드는 거대한 힘이라고 설명하는 소타. 요석으로 봉인하지 않으면 미미즈는 어디선가 또 나올 거라 한다.

"너, 우리 집 아이 할래?"

처음 나타났을 때 바싹 야위어 있던 하얀 고양이. 스즈메가 준 밥을 먹고 스즈메에게 "우리 집 아이 할래?"라는 말을 듣자 순식간에 통통해진다.

"스즈메, 다정해.
좋아.
너는 방해돼."

여기서 본 일은 잊고 돌아가라는 말을 들은 스즈메. 하지만 스즈메는 다친 청년의 상처를 치료해주기 위해 그를 집으로 데려와, 지진을 일으키는 미미즈의 존재와 그것을 진정시키는 요석 이야기, 그리고 무나카타 소타라는 청년의 이름을 알게 된다.

그런 두 사람 앞에 느닷없이 하얀 고양이가 나타난다. 하얀 고양이는 사람의 말을 하며 스즈메를 따르는데 소타에게는 "너는, 방해돼"라는 밀을 내뱉는나. 그러자 소타의 모습이 사라지고 스즈메의 방에 있던 다리 하나가 없는 어린이용 의자가 움직이기 시작했다. "뭐야, 이게⋯⋯!"라는 소타의 목소리가 의자에서 들려온다. 소타는 다리가 세 개인 의자로 변신하고 만 것이다.

"네가 이렇게 만든 거야?"

하얀 고양이를 쫓아 창문에서 뛰어내리는 의자 모습의 소타를 스즈메도 서둘러 뒤쫓는다. 달리는 의자를 보고 놀란 지나치는 사람들이 소란을 피우는데도 개의치 않고 하얀 고양이를 쫓던 소타는 부두에 정박해 있던 페리에 올라탄다. 스즈메도 어쩔 수 없이 그 뒤를 따라 오르는데 페리가 출항해 버린다.

하얀 고양이와 소타는 갑판 한가운데서 대치하고 있었다. 소타가 바싹 추격하자 하얀 고양이는 마스트 꼭대기에서 바로 옆을 지나는 경비정으로 몸을 날려 도망치고 만다.

오늘 안으로 집에 돌아가지 못한다는 사실을 깨달은 스즈메는 이모 타마키에게 전화를 걸어 친구 집에서 자고 가겠다고 알린다. 스즈메는 의심스러워하는 타마키의 말을 무시하고 서둘러 전화를 끊었다.

"자, 잠, 잠깐! 말도 안 돼!?"

"스즈메, 또 만나."

"오늘은 아야 네 집에서 잘 테니까"라고 연락한 스즈메에게 "너, 혹시 이상한 남자랑 사귀게 됐니?"라며 타마키는 머릿속에 떠오른 의혹을 바로 들이댄다.

소타와 함께 먹으려고 빵과 커피
우유를 사 온 스즈메. 그러나 의자
의 몸이 된 소타는 배가 고프지 않
다고 한다.

"그놈이 나한테
저주를 건 것
같아"

"스즈메,
나는 토지시,
문 닫는 자야."

눈발이 날리는 하늘 밑에서 엄마를 찾아 헤매던 어린 스즈메가 발견한 것은, 건물 잔해 속에 서 있는 문. 열어 보니 그 너머에는……

콰당 소리가 나 잠에서 깨어 보니 요란하게
넘어져 있는 의자가 보였다. 의외로 고약한
잠버릇에 스즈메는 놀란다.

"……가슴이 두근거려."

에 히메 행 페리 위에서 밝은 달빛을 받는 스즈메와 소타. 스즈메가 아무래도 마음에 걸렸던 폐허의 석상 이야기를 물어보
자 소타는 그게 요석이라고 알려준다. 스즈메가 요석을 뽑는 바람에 요석이 고양이가 되어 자신의 역할을 내던졌다고.
　스즈메는 자신을 탓하지만 소타는 자신이 늦게 문을 발견한 탓이라고 한다. 소타는 자신을 토지시라고 밝히고 토지시의 일
은— 인간이 사라진 곳에서 열리는 '뒷문'에서 재앙이 나오지 않도록 문을 닫고 자물쇠로 잠그는 게 사명이라고 한다. 그는 다
정한 목소리로 고양이를 요석으로 되돌려 미미즈를 봉인하면 틀림없이 원래대로 돌아갈 것이라고 스즈메에게 설명한다.
　긴 하루의 끝에 스즈메는 페리 위에서 꿈을 꿨다.
　잿빛 풍경 속에서 엄마를 찾다가 발견한 문을 열었더니 그곳에는 별이 가득한 초원이 펼쳐져 있었다.
　콰당 소리가 나서 눈을 뜨니 옆에는 뒤집힌 채 너부러진 의자가 있었다. "잠버릇이 엄청나네……." 이렇게 중얼대는 스즈메
의 눈 앞에 펼쳐진 아침 햇살에 반짝반짝 빛나는 바다. 무슨 일이 일어날 듯한 예감에 스즈메의 가슴은 두근거리기 시작했다.

나도 봤어!! 의자!? #달리는의자

강렬하다...!! #다이진과함께

소타의 기지로 근처에 있던 들짐승 방지 그물을 펼쳐 멋지게 귤을 담은 스즈메. 귤을 떨어뜨린 치카가 달려오자 소타는 의자인 척하며 쓰러졌다.

"너, 마법사 같아!"

"너는 죽는 게 무섭지도 않아?!"

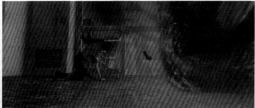

의자의 몸이자 아무것도 할 수 없는 소타는 스즈메에게 열쇠를 맡긴다. 뒷문을 닫으려면 예전 이곳에 있었을 경치와 사람들을 상상하며 그들의 목소리를 들어야 한다고 알려준다.

"무섭지 않아요!"

"돌려드리옵나이다……!"

에 히메에 도착해 페리에서 내리자 계속 잠들어 있던 소타가 드디어 깼다.

소타는 다음 배를 타고 집에 돌아가라고 하는데 SNS에서 그 하얀 고양이가 '다이진'이라고 불리며 화제가 되고 있고 '#달리는의자'라는 해시태그와 함께 소타 때문에 소동이 벌어지고 있음을 스즈메가 알아내자 결국은 함께 고양이를 찾기로 한다.

스즈메와 소타는 SNS의 다이진 정보를 따라 귤 농장을 향해 언덕길을 오른다. 그때 갑자기 대량의 귤이 굴러오는데…….

귤을 떨어뜨린 사람은 스즈메와 마찬가지로 고등학교 2학년인 여학생 치카였다. 스즈메는 치카에게 다이진에 관해 묻다가 시선 끝 산속에서 검붉은 탁류가 솟아오르는 모습을 발견한다. 미미즈였다.

서둘러 달리기 시작하는 스즈메를 "급한 일이라며?"라고 말하곤 이유도 묻지 않고 전동 바이크 뒤에 태워주는 치카.

미미즈는 토사 붕괴로 폐허가 된 마을에 있던 중학교의 미닫이문에서 분출되고 있었다. 더 분출하면 위험하다는 소타에 가세해 스즈메도 문을 닫으려 한다. 소타의 읊조림은 주문에 빨려들 듯 스즈메의 귓가에 평범한 나날을 보내는 학생들의 등교 중 목소리가 들려온다. 스즈메가 소타 대신 뒷문을 잠그자……, 미미즈가 한꺼번에 터지더니 반짝이는 비가 되어 폐허를 적셨다.

"뒷문은, 또 열릴 거야."

거짓말하고 있다는 찜찜한 마음에 타마키의 전화를 바로 끊어버리는 스즈메. 최대한 가볍게 미안하다는 메시지를 LINE으로 보내는데 이모에게서 장문의 답장이 왔다.

"너 굉장히, 중요한 일을 하는 것 같아."

스즈메는 치카에게 자신이 타마키 이모의 소중한 시기를 빼앗은 것 같다는 마음을 털어놓는다. 치카는 "그거, 전 애인이 하는 소리 아니야?"라고 웃어 스즈메의 마음을 가볍게 해준다.

"그럴 때는 말이야,
키스해주면 일어나!"

"아침에 영 못 일어나는
사람도 있다니까……."

충격 아카시 해협 대교에 고양이!?

"소타 씨! 이제 좀
일어나요!"

치카는 교복밖에는 옷이 없었던 스즈메에게 옷과 스포츠
가방을 준다. 고맙다는 말은 됐으니까 또 놀러 오라며 스즈
메를 배웅하는 치카.

"변덕은 신의 본질이니까……."

뒷문을 닫는 데 성공하고 "우리 너무 굉장하지 않아요?"라고 한껏 들
뜬 스즈메에게 "스즈메, 굉장해!"라는 소리가 들려왔다. 소리가 난
쪽을 보니 어두운 교정에 하얀 고양이 다이진의 실루엣이 오롯이 드러나
있었으나 바로 자취를 감춘다.

스즈메는 치카와 함께 저녁을 먹고 민박 일을 도운 뒤 나란히 자리를
펴고 눕는다. 의자에 관해 질문을 받지만, 엄마의 유품이라는 것 외에는
제대로 대답하지 못하는 스즈메. 치카는 "스즈메는 마법사인가 봐. 비밀
이 참 많다"라며 농담처럼 말하면서 왠지 아주 중요한 일을 하는 듯하다

는 뜻을 전한다.

아침, 양치질하면서 '아침에 잘 일어나지 못하는 사람'에 대해 얘기한
다. 치카가 "키스해주면 일어나"라고 말하는 바람에 스즈메는 아직 방에
서 잠들어 있는 소타에게 살그머니 얼굴을 대보는데 어디가 입인지 몰라
망설이는 사이 소타가 눈을 뜨고 만다.

SNS에서 화제가 된 다이진은 아침 정보 프로그램에서도 다뤄지는데
아무래도 아카시 해협 대교를 건너 고베로 가고 있는 듯하다. 스즈메는
치카에게 받은 스포츠가방에 소타를 넣고 다이진의 뒤를 쫓는다.

"이 의자, 네 어머니 유품이야?"

"너, 어디까지 가니?"

햄버거를 먹으면서 산 쪽을 바라보는 스즈메와 루미. 그곳에는 문을 닫아 황폐해진 유원지가 있었다. "쓸쓸한 장소가 늘었어"라고 루미가 말한다.

AI 탑재 가젯에게 말을 걸듯 "소타, 오늘 날씨는?"이라며 소타에게 묻는 쌍둥이. "소타, 오늘 주가는?"이라는 질문에 스즈메는 자기도 모르게 "저기, 소타는 그렇게 똑똑하지 않아!"라고 말한다.

스즈메의 가출을 어협 동료직원인 미노루에게 말하는 타마키. 미노루에게서 스마트폰 결제 이력을 추적하는 아이디어를 얻어 타마키는 스즈메가 고베에 있음을 알아낸다.

"이렇게 바쁠 때는 거의 없는데 말이야."

스즈메가 "저 자리에……"라고 말하자 점원인 미키는 "응, 처음 보는 사람인데 말이야"라고 대답한다. 아무래도 지금의 다이진은 스즈메 이외의 사람들에게는 인간으로 보이는 듯했다.

히 치하이킹을 시도하다 갑자기 비가 와 버스정류장에서 비를 피하는 스즈메와 소타. 소타는 지금 자신의 몸이 되어 있는 의자에 관해 묻고, 스즈메는 옛날 기억을 더듬으며 조금씩 이야기를 이어 나간다. 그때 차 한 대가 다가오더니 운전석의 여성이 창문 너머로 말을 걸어왔다.

여성의 이름은 루미, 쌍둥이 아이들과 함께 고베로 돌아가는 중인데 스즈메를 태워주겠다고 한다. 가는 길에 탁아소가 임시 휴업에 들어간다는 연락을 받자 스즈메가 쌍둥이의 보모로 임명된다. 스즈메는 루미가 가게를 운영하는 동안 아이들을 돌보게 되었다.

쌍둥이의 엄청난 에너지에 마구 휘둘리는 스즈메. 보다 못한 소타가 출동하자 당황한 스즈메는 움직이는 장난감 의자라고 둘러대고 소타와 쌍둥이는 신나게 놀기 시작한다.

쌍둥이가 소타를 꼭 안은 채 잠들자 스즈메는 1층 루미의 가게를 돕게 된다. 루미의 스낵은 평소보다 손님이 많아 도울 사람이 필요하던 참이었다. 설거지하고 물수건을 건네는 등 스즈메가 정신없이 일하고 있으려니 "어이, 다이진!"이라는 손님의 목소리가 들려왔다. 돌아보니 손님 자리에 하얀 고양이, 다이진이 있었다.

"다이진!
오늘이야말로
내 원래
모습을,
되찾겠어!!"

소타는 다이진을 뒤쫓아 제트코스터 레일 위를 질주한다. 다이진에게 달려들어 그대로 둘 다 변전 설비에 격돌한다. 그러자 멈췄던 전기가 유원지에 들어와……

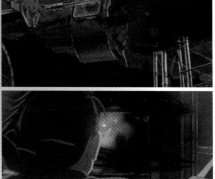

"엄마……?"

"돌려드립니다!"

소타로부터 문 너머의 저세상에 관해 듣는 스즈메. 저세상은 죽은 사람이 가는 곳으로 현세를 사는 사람은 갈 수 없는 곳, 가서는 안 되는 곳이라고 소타는 말한다.

"네게는 서세상이 보이는구나……."

스 즈메와 눈이 마주치자 들어오는 손님과 엇갈려 밖으로 나가버리는 다이진. 스즈메와 소타가 다이진을 뒤쫓아가자 그곳에는 역시 미미즈가…….

미미즈의 출처는 폐허가 된 유원지. 관람차 곤돌라 문이 뒷문이 되어 있었고 관람차 정상에는 다이진이 있었다. 소타가 다이진을 쫓고 스즈메가 뒷문을 잠그기로 하고 둘로 갈라졌다. 하지만 그러는 와중에 관람차가 움직이기 시작해 스즈메는 곤돌라 문에 매달린 채 지상 높이 올라간다. 간신히 발 디딜 곳을 찾은 스즈메는 곤돌라 안에 펼쳐진 별이 가득한 하늘과 초원을 보고 만다. 어머니 같은 모습을 발견하고 빨려들 듯 걸음을 내디디려 했는데 소타의 목소리에 정신을 차린다. 정신을 차려보니 곤돌라 창문에서 떨어지기 일보 직전이었다.

스즈메와 소타는 힘을 합쳐 문을 닫고 소타가 주문을 읊는 사이 스즈메가 문을 잠그는 데 성공했다. 둘은 곤돌라가 땅에 내려갈 때까지 다이진이 또 도망쳤다는 사실과 스즈메가 문 너머로 본 풍경에 관해 이야기했다. 소타는 그 풍경을 '저세상'이라고 했다. 모든 시간이 동시에 있는, 미미즈의 거처. 죽은 자만이 갈 수 있는 세상의 이면이라고.

"⋯⋯일단 뭐 좀 먹을까?"

루미와 미키, 스즈메가 척척 만들어낸 볶음 우동. 우리 집에서는 볶음 우동에 감자샐러드를 넣는다는 스즈메의 말에 루미와 미키는 경악하면서도 그 의견을 채택해 다 같이 먹었다.

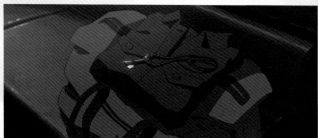 

"중요한 일은 다른 사람에게 보이지 않는 게 더 좋아."

심야가 되어서야 스즈메는 루미의 가게로 돌아왔다. 걱정한 루미는 스즈메를 혼내는데 아르바이트 직원 미키가 편을 들어주어 다 같이 야식을 만들어 먹기로 한다. 스즈메는 방구석에 놓인 의자 모습의 소타를 테이블 옆으로 옮겨 그 위에 앉아 야식 모임에 합류시킨다.

가게 소파를 빌려 잠들기 전, 스즈메는 소타가 사실은 대학생이고 앞으로는 교사가 될 계획임을 듣는다. 토지시는 대대로 이어져 내려온 무나카타 집안의 가업이지만 그것만으로는 먹고살 수 없다는 것이다. "아주 중요한 일인데"라고 스즈메가 말하자 "중요한 일은 다른 사람에게 보이지 않는 게 더 좋아"라고 소타는 말한다.

—그날 밤, 소타는 꿈을 꾼다. 소타는 원래의 인간 모습으로 다리가 세 개인 의자에 앉아 있는데 문득 어둠에 삼켜져 기라앉는다. 정신을 차리자 파도가 치는 곳이었고 소타는 여전히 의자에 앉아 있다. 눈앞에 오래된 나무문이 있는데 몸이 점점 얼음으로 덮여간다.

소타가 눈을 뜨자 스즈메의 얼굴이 바로 옆에 있다.

스즈메와 소타는 루미의 차로 신고베 역까지 전송을 받았고, 다이진의 목격 정보를 따라 신칸센을 타고 도쿄로 향한다.

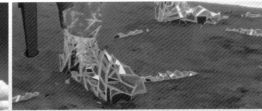

"이곳이 나의 마지막 장소인가—."

다리부터 얼음으로 덮여가는 소타. 뭔가 포기한 듯, 고개를 떨구는
소타의 귀에 목소리가 들린다.

도쿄타워 #다이진과함께

"부모님께는
꼭 연락해."

신칸센을 타고 고베에서 도쿄로 향하는 스즈메와 소타. 스즈메는 어느새 잠드는 바람에 후지산을 못 보고 놓친 것을 소타에게 눈물로 항의했다.

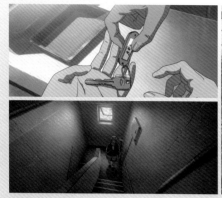

책장 위의 종이상자를 내려달라
는 부탁을 받은 스즈메. 소타를 받
침으로 이용해 상자를 든 스즈메
는 소타 위에서 제자리걸음을 하면
서 "소타 씨, 이렇게 밟아도 괜찮아
요?"라고 묻는다.

"이거…… 미미즈?"

『토지시의 비전 초록』이라는
고문서. 산에서 뿜어져 나오는
불꽃이 마치 미미즈인 듯 보이
는 그림과 요석이 동서에 존재
하는 것 등 미미즈와 요석에
관한 정보가 기록되어 있다.

"이게 요석이야. 서쪽 기둥과 동쪽 기둥이지."

"녀석은 자신을 제대로 돌보지 않아."

소타의 사촌 여동생이라고 세리자와에게 거짓 자기소개를 한 스즈메. 세리자와는 중요한 시험을 놓친 소타를 걱정하느라 자기도 시험을 망쳤다고 한다. 빌린 돈이나 갚으라고 스즈메에게 전해달라고도 한다.

긴급속보 긴급지진정보

도쿄에 도착하자 스즈메는 소타의 안내로 한 편의점을 방문한다. 소타의 친척인 척 하게 된 스즈메는 점원에게 맡겨둔 소타 방의 열쇠를 받아 위층에 있는 소타의 방으로 올라갔다.

방은 책으로 가득했다. 소타는 스즈메에게 토지시와 관련된 오래된 책들을 꺼내 달라더니 요석에 관한 가설을 설명한다. 그에 따르면 요석은 일본에 두 개—규슈에서 풀려난 다이진 외에 도쿄에 또 하나가 있고, 그곳에는 거대한 뒷문이 있는데 다이진은 그 문을 열려고 한다는 주장이었다. 그런데 도쿄의 요석 자리를 아무리 찾아봐도 중요한 부분은 모두 시커멓게 칠해져 있었다. 소타는 근처에 입원해 있는 할아버지에게 묻는 수밖에 없다고 한다.

그때 소타의 친구 세리자와가 찾아왔다. 교원 채용 시험에 빠진 소타를 걱정해 찾아온 것이다. 소타는 없다고 하자 세리자와는 짜증을 내며 떠나려 하는데 그때 지진 경보 알람 소리가 울렸다.

바로 근처에 미미즈의 존재를 확인하고 스즈메와 소타는 뛰쳐나왔다.

"스즈메! 놀자!"

오늘이야말로 다이진을 요석으로 돌려놓고 자기 모습을 찾겠다고 단단히 마음먹은 소타. 사람들의 다리 사이를 오가고 대로로 뛰어드는 등 역 앞을 소란스럽게 만들며 다이진을 추격한다.

"갔다 올게."

미미즈를 향해 뛰어든 소타를 따라 스즈메도 다리에서 몸을 날렸다. 사람들의 눈에는 다리에서 뛰어내린 소녀의 모습만 보여 여기저기 비명이 터진다. 벗겨진 신발만이 땅에 남겨진다.

스즈메가 소타를 안고 미미즈를 향해 달리는데 어느새 다리 밑에서 다이진이 나란히 달리고 있다. 스즈메의 손에서 빠져나온 소타는 인파와 차들 사이를 요리조리 피하며 다이진과 격렬한 추격전을 벌인다. 필사적으로 그들을 쫓아 다리 위에 간신히 도착했을 때 그곳에 펼쳐진 믿을 수 없는 풍경에 스즈메는 숨을 삼킨다. 간다가와 강변의 지하철용 터널에서 검붉은 탁류가 뿜어져 나오고 있었던 것이었다. 천천히 고개를 쳐드는 미미즈. 움직임을 멈췄나 싶었는데 다음 순간, 쿵, 지면이 수직으로 흔들렸다.

소타는 두 번째 요석이 빠졌다고 말한다. 미미즈의 온몸이 터널을 통해 나와 도쿄 상공으로 올라간다. "대재앙은 내가 반드시 막을 거야"라고 결의를 다진 소타는 흘러가는 미미즈의 탁류로 뛰어든다. 그리고 그 뒤를 쫓아 스즈메도 다리 위에서 몸을 던진다. 두 사람과 다이진을 태우고 거대한 미미즈가 도쿄 상공으로 소용돌이치며 올라간다.

노을에 물든 도쿄의 거리. 상공에서부터 천천히 도시를 뒤덮 듯 미미즈가 퍼지는데 사람들은 전혀 알아차리지 못한다. 다 만 새들의 눈에만 이변이 비치는데…….

"미미즈가,
거리를
덮고 있어요!"

"미미즈가 떨어지면 지진이 일어나."

"이제야 알았어…….
지금까지 전혀 몰랐어…….
알아차리지 못했어……."

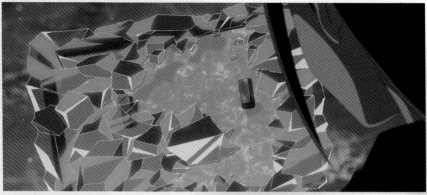

"……하지만 나는 너를
만나……."

"사람이 잔뜩 죽어."

 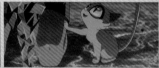  

손에 들고 있던 의자가 얼음에 뒤덮였을 때, 다이진에게 그것은 이미 소타가 아니라는 말을 들은 스즈메는 이성을 잃는다. 아무리 말을 걸어도 소타는 대답하지 않는다.

"싫어……! 다 싫어……! 이런 거……!!"

26

"으아아아아악!"

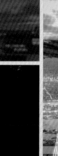

밤하늘에서 떨어지는 스즈메를 지켜주려는 듯
함께 떨어지는 다이진. 지상에 닿기 직전에 커
다란 짐승의 모습으로 변해 스즈메의 몸을 감싸
고 물로 떨어졌다.

미 미즈를 봉인하려면 이제 요석을 다시 찔러넣는 수밖에 없다. 소타는 이번에야말로 다이진을 잡으려고 하지만 갑자기 움
직일 수 없게 된다. 요석으로 돌아가라고 다이진에게 간청하는 스즈메의 손안에서 소타는 차가운 얼음에 뒤덮여 간다.
　소타는 깨닫는다. 지금 요석이 될 것은, 다이진이 아니라 자신이라는 사실을. 의자로 변했을 때 요석의 역할도 자기에게 옮겨
졌음을.
　스즈메는 얼음으로 뒤덮이는 소타를 필사적으로 부르나 요석이 된 소타의 응답은 없다. 다이진은 요석을 미미즈에 꽂지 않
으면 지진이 일어난다고 스즈메를 선동한다. 스즈메는 무너지는 마음으로 간신히 힘을 짜내 미미즈에 요석을 꽂았다. 미미즈
는 도쿄의 밤하늘에 오로라 같은 파문을 일으키며 파열되고 도쿄 사람들은 그것을 바라본다. 그러나 스즈메가 낙하하는 모습
은 아무도 보지 못했다.

"꼭, 영원히, 평생 잘 간직할게!"

"스즈메, 생일 축하해!"

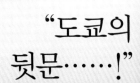

엄마와 살던 집의 마당에는 따뜻한 추억이 가득하다. 엄마가 준 선물인 노란 의자와의 만남이 너무 기뻐 스즈메는 그림일기에 꼼꼼하게 그려놨다.

"도쿄의
뒷문……!"

"저세상에
있어……!!"

"소타 씨……,
소타 씨……!
소타 씨!!"

　스즈메의 의자는 4살 생일에 선물 받은 것이었다. 일요 목수로 엄마가 만들어준 스즈메 전용 의자. 스즈메는 너무 기뻐 평생 소중하게 쓰기로 엄마와 약속했다.
　거대한 지하 공간에서 스즈메는 추억의 꿈에서 깨어났다. 안으로 나아가자 오래된 시대의 폐허로 여겨지는 성문이 보이고…….
　성문 너머에는 별이 가득한 하늘이 펼쳐져 있고 언덕 위에 조그만 의자가 꽂혀 있다. 스즈메는 소타의 이름을 부르면서 달려가 문을 통과하지만 역시 저세상으로는 들어갈 수 없었다.
　그때 다이진이 애교 가득한 몸짓으로 좋아하며 다가왔다. 하지만 스즈메는 "소타 씨를 내놓으라고!"라고 화를 내며 다이진을 내던진다. 스즈메가 자신을 싫어한다는 사실을 깨달은 다이진은 터덜터덜 어딘가로 사라진다.
　스즈메는 '꼭 구하러 올게요'라고 맹세하면서 뒷문을 닫고 열쇠로 잠근다. 그리고 지하 공간의 긴 통로를 따라 수도 고속도로 터널을 통해 밖으로 나왔다. 지상에는 아침 해가 빛나고 있었다.

"좋아하지 않아? 다이진을?"

"어디든 가버려. 다시는 내게 말 걸지 마"라는 스즈메의 말에 "스즈메는 다이진을 좋아하지 않았어……"라며 낙담하는 다이진. 그 몸은 점점 야위어 작아져만 간다.

"진짜 싫어!"

"돌려드립니다……."

무나카타 히츠지로

"자네는 무섭지 않나."

"일반인은 관여하지 말아야 할 일이야. 다 잊어"라는 무나카타 노인의 말에 스즈메는 "잊을 수 없어요"라고 억누른 목소리로 대답했다.

"죽고 사는 건 그냥 운이라고……, 어려서부터 쭉 생각해 왔어요. 하지만! 소타 씨가 없는 세계가, 무서워요!"

스즈메는 지친 몸을 이끌고 소타의 할아버지가 입원한 병원으로 향한다. 소타와 같은 성이 적힌 팻말이 걸린 병실로 들어가자 소타의 할아버지 무나카타 노인이 침대에 누워 있었다.

"내 손자는 어떻게 됐나?" 무나카타 노인은 눈을 감은 채 스즈메에게 말을 걸었다. 두서없는 설명에도 바로 상황을 알아차리고 소타를 구하고 싶다는 스즈메에게 쓸데없는 짓이라며 말린다. 소타는 앞으로 수십 년 동안 요석이 되어 현세의 자신들과는 이제 닿을 수 없는 존재가 되었다고. 요석을 꽂아 지진을 막은 스즈메도 그 일에 자부심을 지니고 원래 세계로 돌아가라고.

하지만 스즈메는 물러서지 않았다. 다시 도쿄의 뒷문을 열겠다고 말하고 자리를 떠나려는 스즈메를 무나카타 노인은 황급히 말린다. 무섭지 않냐는 무나카타 노인의 질문에 소타가 없는 세계가 무섭다고 답하는 스즈메. 그 말을 들은 무나카타 노인은 유쾌하게 웃고 저세상으로 가는 방법을 알려주었다. 어릴 때 저세상에 들어가 헤맸을 때 통과한 문이 스즈메가 들어갈 수 있는 유일한 뒷문이라고 한다.

스즈메는 소타의 방으로 돌아와 샤워하고 교복으로 갈아입는다. 그리고 소타의 신발을 빌려 끈으로 단단히 묶은 다음 오차노미즈 역으로 향했다.

30

"인간이 통과할 수 있는 뒷문은 평생 딱 하나뿐이야."

"그 문을 찾게."

무나카타 노인의 병실 창가에 검은 고양이가 나타난다. 기척을 느낀 무나카타 노인은 정겹게 "오랜만이네"라고 인사를 건넸다.

"친구 걱정하는 게
나빠!"

"너를 얼마나 찾았는지 알아!"

"부탁해요.
꼭 가야 해요!"

세리자와는 스즈메가 입력한 자동차 내비게이션 주소가 너무 멀자 눈을 부릅뜬다. 소타가 있는 곳이라면 어디든 데려다주겠다고 말해버린 참이다.

오차노미즈역 앞에서 뜻밖의 만남이 연달아 일어난다. 한 사람은 세리자와. 차도에 세운 오픈카에서 스즈메를 발견하고 소타가 있는 곳으로 가는 거 아니냐며 따지기 시작한다. 또 다른 사람은 타마키 이모. 스즈메의 스마트폰 결제 이력을 쫓아 미야자키에서 여기까지 온 것이다.

타마키는 세리자와가 조카를 꼬여낸 남자라 착각하고 스즈메를 데리고 가려 하는데 스즈메는 "돌아갈 수 없다"라며 차에 올라타 자동차 내비게이션에 목적지를 마음대로 입력한다.

이리하여 운전석의 세리자와와 스즈메를 걱정해 함께 탄 조수석의 타마키, 뒷자리의 스즈메, 그리고 어느샌가 슬쩍 들어온 다이진까지 독특한 구성원의 기묘한 드라이브가 시작되었다.

스즈메는 곧장 잠들고 그동안 타마키는 자신과 스즈메의 관계를 세리자와에게 설명한다. 12년 전 세상을 떠난 언니의 딸을 데려와 내내 함께 살아왔음을. 그리고 지금 가고 있는 곳이 스즈메가 엄마와 살았던 곳임을.

도중에 흔들림을 느낀 스즈메는 급히 차를 세우게 하고 주변을 살피지만, 미미즈의 모습은 어디에도 없다. 스즈메는 소타가 억누르고 있기 때문임을 느낀다.

"여행에는 당연히
이 노래죠?
고양이도 있고."

선배가 물려준 중고 오픈카를
운전하면서 추억의 가요를 트
는 세리자와. 타마키는 12년
전, 엄마를 잃은 스즈메를 찾
으러 갔을 때를 이야기했다.

"요석은,
토지시만이 아니라
누구든 될 수 있어……?"

차에서 내린 스즈메를 따라온
다이진. 히지만 스즈메가 말을
걸어도, 요석에 관해 물어도,
다이진은 스즈메에게 등을 돌
린 채 아무 말도 하지 않았다.

"여기가……
아름다워?"

휴게소에서 미노루에게 전화를 건 타마키. 젊은 남자의 차에 타고 있다는 타마키와 스즈메를 걱정한 미노루가 고속버스로 돌아오라고 권하지만, 타마키는 "이제 다 왔다"라고 말한다.

"내 인생 돌려줘!!"

"이모가 그랬잖아!!
우리 집 아이가 되라며!!"

"당신……, 누구야?"

"나 좀 이상해진 것 같아……."

스즈메에게 심한 말을 하고 만 타마키는 견디지 못하고 그 자리를 떠나버렸다. 도로 휴게소 안에서 세리자와를 만나자 밀려오는 후회와 자기혐오에 무너지고 만다.

해안가 도로 휴게소에 도착했는데도 스즈메는 차에서 내리려 하지 않았다. 소타가 너무 걱정되어 밥이 들어갈 것 같지 않았다. 틀어박히려고만 하는 스즈메에게 타마키는 갑자기 본가에 가려고 하는 이유가 뭐냐고 따지고 들지만 말해도 모를 거라며 면박만 당한다. 화가 치민 타마키가 스즈메의 팔을 잡아 끌어내 집에 돌아가자며 걱정하는 마음을 전해도 "그게 내게는 너무 부담이라고!"라고 그동안의 속내를 털어놓고 만다.

"……이제 정말 나는 지쳤어." 타마키 이모도 막혔던 둑이 터진 듯 품어왔던 생각을 토로하기 시작한다. 젊은 나이에 스즈메를 데려와 키우느라 자유도 사라지고 제대로 결혼 상대를 찾아보지도 못했다고. 충격을 받은 스즈메는 "나도 있고 싶어서 같이 있었던 건 아니야……!"라고 대꾸하며 말다툼하고 만다.

하지만 타마키 이모의 모습이 이상했다. 스즈메가 그 사실을 깨닫자 이모의 등 뒤에서 사다이진이라는 이름의 거대한 검은 고양이 실루엣이 떠오른다. 직후 다이진이 울음소리를 올리며 사다이진에게 달려가자 끈 떨어진 인형처럼 타마키가 쓰러진다. 그리고 난투극 끝에 어미와 새끼 고양이처럼 다이진을 입에 문 사다이진이 뒷자리에 얌전히 올라탄다.

"사람 손으로
원래대로 되돌려줘."

둔덕에서 미끄러져 떨어진 오픈카는 지면을 박고 간신히 멈췄다. 그러자 이제까지 고장으로 제대로 닫히지 않던 지붕이 천천히 움직이더니 제대로 닫혔다.

"나, 달려갈게요!"

세리자와는 설마 한 마리가 더 늘 줄은 몰랐다면서 백미러를 힐끔거리며 방조제를 따라 난 도로를 운전한다. "네게 원하는 게 있는 거 아닐까?" 농담처럼 말을 던졌는데 "맞아"라며 사다이진이 대답했다.
"고양이가 말했어?!"
그 충격에 사고가 날 뻔한 오픈카는 도로에서 벗어나 제방을 타고 미끄러져 내려갔다. 차는 도착지를 얼마 앞두고 완전히 침묵하고 말았다.
히치하이킹을 포기한 스즈메는 세리자와에게 목적지까지의 거리를 묻고 아직 20킬로미터나 남았다는 대답이 돌아온다. 어쩔 줄 몰라 초조해하던 스즈메는 세리자와와 타마키에게 고마웠다는 인사를 남기고 달리

기 시작했다. 타마키는 순간적으로 근처에 버려진 자전거에 올라타더니 스즈메를 쫓아간다. 남겨진 세리자와는 이게 무슨 일인가 아연히지만, 상쾌한 기분이 들어 실컷 웃어버린다.
타마키는 스즈메를 자전거 뒷자리에, 다이진과 사다이진을 자전거 앞 바구니에 태우고 달린다. 타마키는 주차장에서 내뱉었던 말을 두고 "속으로 생각한 적 있기는 해. ……하지만 그게 다는 아니야"라고 말하며 사과한다. "……나도. 이모. 미안해"라며 스즈메는 살그머니 타마키의 어깨에 얼굴을 댄다.
그렇게 둘은 오래전 스즈메가 살았던 집에 도착한다.

"좋구나.
소타 자식!"

스즈메는 고양이들에 관한 질문에 "아, 그러니까…… 뭐랄까, 신 같은 거야"라고 타마키에게 말한다. 그러자 타마키는 자전거 페달을 밟으며 웃음을 터뜨렸다.

"너, 좋아하는 사람에게 가고 싶은 거잖아?"

"엄마, 다녀왔습니다."

'스즈메의 보물'이라고 적힌 커다란 깡통을 열자 그림일기와 비즈로 만든 액세서리, 달걀 모양의 조그만 게임기 등 당시 스즈메가 좋아했던 것들이 잔뜩 들어 있었다.

스즈메의 보물

"꿈이 아니었어……!"

스즈메는 집 뒷마당에 있는 우물 옆을 파더니 묻어 놓은 커다란 깡통을 찾아냈다. 안에서 어린 시절의 그림일기를 꺼내 문으로 들어갈 힌트를 찾으려 펼치니 3월 11일 페이지부터 일기가 까맣게 칠해져 있었다. 며칠이나 이어진 시커먼 일기. 하지만 다음 페이지를 넘긴 순간 눈에 들어온 그림에 스즈메의 눈에서 눈물이 흘러넘쳤다. 일기에는 별이 가득한 초원 속에 서 있는 문이 그려져 있었다.

스즈메는 당시 기억을 더듬어 문이 있을 것으로 짐작되는 곳을 향해 달린다. 함께 온 다이진의 부름에 살펴보니 덩굴로 뒤덮인 문이 돌담에 기대어 서 있었다. 그것은 스즈메가 어렸을 때 통과했던 뒷문. 스즈메는 타마키에게 "다녀올게"라고 소리치고 다이진 일행과 함께 문 너머로 뛰어든다.

별이 가득한 저세상의 하늘에서 추락하는 스즈메. 아래에서 꿈틀대는 검붉은 탁류는 하나의 거대한 미미즈였다. 미미즈는 스즈메가 연 뒷문을 통해 밖으로 나가려고 하늘을 향해 몸을 일으키기 시작하고 있었다.

그때 짐승의 포효 소리가 어마어마하게 울렸다. 사다이진의 몸이 거대해지더니 미미즈의 머리에 발톱을 세워 미미즈를 찍어누르려 한다. 스즈메는 미미즈의 꼬리 중심에 파랗게 빛나는 것을 발견하고 그것이 바로 미미즈를 봉인하고 있는 소타임을 깨닫는다.

"스즈메, 가자!!"

이제까지 다이진이 뒷문을 연 게 아니라 스즈메를 열린 뒷문으로 안내했음을
깨달은 스즈메는 "다이진, 고마워!"라고 진심 어린 감사를 전한다.

"나, 다녀올게!"

"좋아하는 사람에게!"

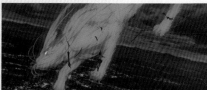

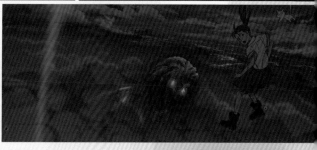

대지를 뒤덮은 거대한 미미즈와 사다이진의 격렬한 다툼
에 튕겨 나가버린 스즈메를 다이진은 커다란 짐승의 모
습으로 변해 감싸 안아 지켜줬다.

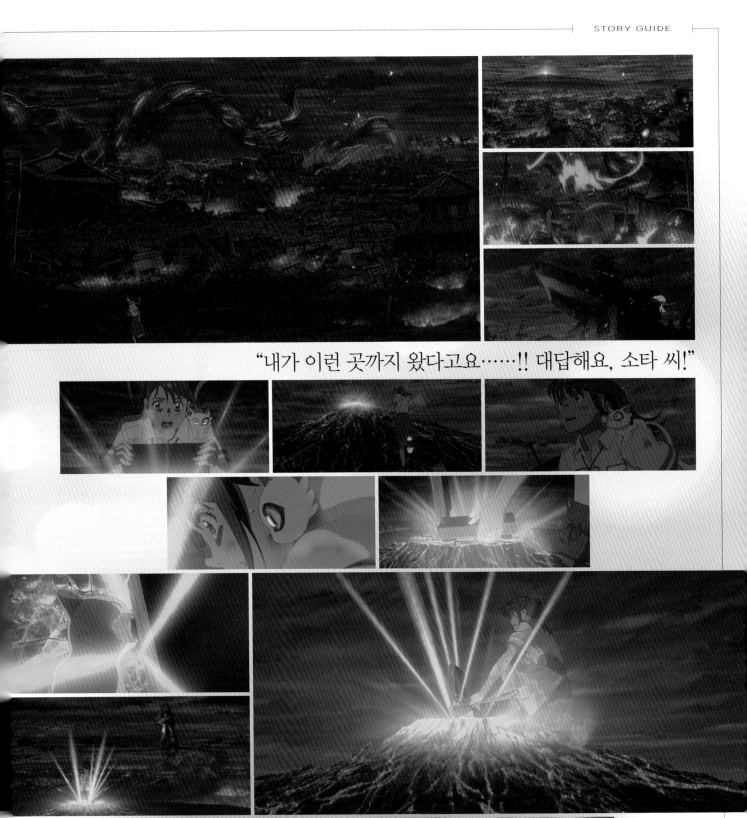

"내가 이런 곳까지 왔다고요……!! 대답해요, 소타 씨!"

요석이 되어 미미즈에 꽂힌 의자의
다리를 물고 스즈메를 돕는 다이
진. 의자는 조금씩 빠지면서 스즈
메의 몸에 서리가 내린다.

"하지만 나는 너를 만나…… 너를 만났는데……!"
사라지고 싶지 않아. 더 살고 싶어, 살아 있고 싶어! 죽는 게 두려워…!

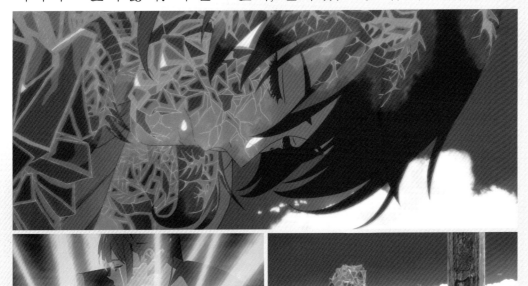

"나도 그래요! 목소리를 듣고 싶어요.
혼자는 무서워. 죽는 게 무서워……!"

소타는 얼음으로 뒤덮인 팔을
뻗어 스즈메가 내민 손을 잡는
다. 후두둑, 소타를 감쌌던 얼
음이 벗겨진다.

지상에 도착한 스즈메가 주위를 둘러보니 그곳에는 파괴된 집과 뒤집힌 차, 잔해와 진흙으로 뒤덮여 불타오르고 있는 마을이 있었다. 보는 사람에 따라 모습을 바꾼다는 저세상. 스즈메의 저세상은 그날부터 내내 계속 불타고 있었다.

푸른 빛을 향해 달리는 스즈메. 미미즈의 몸에 꽂힌 의자 모양의 요석을 힘껏 빼내려 하지만, 빼면 미미즈가 밖으로 나가버린다고 다이진이 말한다. 스즈메가 소타를 구하기 위해 "내가 요석이 될 거야!"라고 각오를 밝히자 다이진은 함께 의자를 뽑기 시작했다.

요석을 만지자 스즈메의 몸 안에 요석이 되기 전 소타의 기억과 마음속 절규가 들려온다. 그 목소리에 눈물을 흘리며 스즈메는 강력한 바람을 담아 의자에 키스했다.

소타는 언제가의 꿨던 꿈속처럼 물결이 일렁이는 곳에 있는 문 앞에서 얼음으로 덮여 있었다. 스즈메의 목소리와 온기에 눈물을 흘리며 눈을 뜨자 눈앞의 문이 열리고 스즈메의 손이 나타나더니 그를 끌어들인다.

요석이 빠졌다. 정신을 차리니 스즈메 앞에 인간의 모습을 한 소타가 나타나 있었다.

"다이진은 말이야……. 스즈메의 아이는 될 수 없었어."

다이진을 처음 만났을 때 별생각 없이 "우리 집 아이 할래?"라고 말했던 스즈메. 스즈메의 손안에서 고양이의 모습이 되었던 다이진은 스즈메의 손안에서 다시 요석이 되었다.

소타는 계속 불타오르는 마을을 향해 토지시의 주문을 외친다. 스즈메가 목에 걸고 있던 토지시의 열쇠는 소타가 읊기 시작한 주문에 호응하듯 빛나기 시작한다.

"아뢰옵기도 송구한 히미즈의 신이시여. 머나먼 선조의 고향 땅이여."

소타가 원래대로 돌아와 안도한 것도 찰나의 순간, 다이진이 쓰러졌다는 걸 깨달은 스즈메는 달려가 다이진을 안아 올린다.

다이진은 "스즈메의 손으로 원래대로 되돌려줘"라 말하더니 고양이에서 요석의 모습으로 되돌아간다. 줄곧 바랐던 일이건만 스즈메의 눈에 커다란 눈물방울이 흘러나온다.

사다이진의 포효가 울려 퍼진다. 요석으로부터 해방된 미미즈가 당장이라도 저 세상 바깥으로 빠져나갈 참이다.

스즈메와 소타는 동시에 높은 폐허 산을 향해 달리기 시작하고, 불타오르는 마을을 목격한다. 소타가 주문을 외우자, 그날 아침 사람들의 목소리가 겹쳐 들려온다.

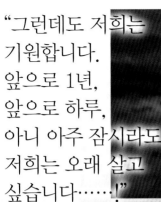

"그런데도 저희는
기원합니다.
앞으로 1년,
앞으로 하루,
아니 아주 잠시라도
저희는 오래 살고
싶습니다……!"

"목숨이
덧없다는 것은
알고 있습니다.
죽음이 항상
곁에 있음을
알고 있습니다."

"다녀오겠습니다."

"빨리 와라."

"잘 다녀와."

"조심해서 다녀와."

"잘 다녀와."

"용맹하신 큰 신이시여!
부디, 부탁드리옵나이다!"

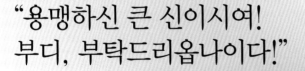

이쪽을 향해 다가오는 사다이진을 응시하며 소타는
스즈메의 손을 꼭 움켜쥐고 "내게 맡겨"라고 말한다.
스즈메의 눈에는 커다란 입으로 포효하는 사다이진
의 모습이 비친다.

"돌려드립니다!"

"너는 빛 속에서 어른이 되어 갈 거야. 확실하게 정해져 있어."

"언니는 누구야?"

"나는, 스즈메의, 내일이야!"

소타는 절절한 마음을 담아 외친다. 그러자 호응하듯 사다이진이 포효하며 두 사람을 집어삼킬 듯 커다란 입을 벌리며 달려든다. 다음 순간, 스즈메와 소타는 미미즈의 상공을 낙하하고 있었다. 스즈메의 손에는 다이진, 소타의 손에는 사다이진의 요석. 둘은 공중에서 크게 손을 들어 요석을 미미즈에 내리꽂았다.

미미즈가 사라짐과 동시에 활활 타오르던 저세상의 지상은 깊고 부드러운 녹음으로 뒤덮였다. 소타의 롱셔츠를 입은 스즈메는 잔해 속에서 다리가 하나 빠진 작은 의자를 발견한다. 그리고 소타는 저 멀리 보이는 조그만 사람 그림자를 발견한다.

"나야……, 가야 해요!"

긴 여행의 끝에 스즈메는 드디어 진실에 도달했다. 어린 시절, 저세상에서 방황하다 만난 사람은 엄마가 아니라 지금의 자신이었다. 엄마를 찾으며 통곡하는 어린 자신에게 해줄 수 있는 일은? 스즈메는 의자를 들고 그날의 자신에게 진심을 담은 말을 전했다.

"있잖아. 스즈메. 지금은 정말 슬퍼도 스즈메는 앞으로, 아주 잘 자랄 거야. 미래 같은 거, 무섭지 않아!"

울음을 그친 어린 스즈메는 의자를 소중히 안고 그날의 문 너머로 돌아간다.

"다녀오겠습니다!"

"꼭 만나러 갈게!"

헤어지기 직전, 소타에 안긴 채 속삭이듯 들은 감사의 말에 스즈메는 눈물을 흘린다. 미래의 약속을 남기고 소타를 태운 열차는 떠나간다.

스즈메와 소타는 어린 스즈메가 문을 닫는 모습을 지켜보고 자신들도 원래 세계로 돌아온다.

"……나, 잊고 있었어요. 소중한 것은 이미 전부, 아주 오래전에 받았다는 것을."

떠오른 열쇠 구멍 앞에서 스즈메가 나지막하게 말했다.

그리고 소타가 지켜보는 가운데 열쇠를 꽂고 돌렸다.

"다녀오겠습니다."

두 사람을 기다리고 있던 타마키, 세리자와와 합류한 스즈메와 소타는 각자 돌아가기로 한다. 스즈메는 일단 도쿄까지는 타마키와 함께 세리자와의 차로 가고, 소타는 열차를 이용해 지역을 돌며 문단속하면서 돌아가겠다고 한다. 소타는 역 플랫폼에서 자신을 배웅하는 스즈메에게 "나를 구해줘서 고마워"라며 꼭 안는다.

이렇게 일상으로 돌아온 스즈메는 어느 겨울 아침, 늘 다니는 언덕길에서 그때처럼 걸어서 올라오는 사람의 모습을 발견한다. 그 모습을 보자마자 절로 미소가 지어진다. 그리고 그를 향해 스즈메가 인사를 던졌다.

"잘 돌아왔어요."

도쿄에서 세리자와와 헤어진 뒤 신칸센
으로 고베로 가서 루미의 스낵을 방문
해 노래방을 즐기는 스즈메와 타마키.
에히메에서 치카와 재회해 민박에 들렀
다가 페리로 미야자키로 돌아왔다.

"잘 돌아왔어요!"

에히메에 도착한 스즈메는 오토바이 짐칸에서 떨어진 귤을 주워준 인연으로 치카의 가족이 운영하는 민박집에 머물게 된다. 저녁 식사는 회, 생선구이, 조림 등 다양한데 에히메답게 귤 젤리도 있다. 민박의 가정적인 분위기와 함께 그 맛은 불안한 스즈메의 마음을 달래줬을 게 분명하다.

히치하이킹으로 루미의 차를 얻어탄 스즈메. 주차장에 차를 세우고 차 안에서 맥도날드 햄버거를 다 같이 먹는다. 테이블 대신 이용되면서도 힘이 넘치는 아이들의 주스와 그릇이 넘어지지 않도록 균형을 유지하는 모습에서 교사를 꿈꾸는 소타의 아이들을 보살피려는 마음이 잘 드러난다.

타마키의 요리는 아주 화려하다. 특히 도시락에 들이는 정성은 단박에 알 수 있을 정도. 친구들이 "오늘도 사랑이 깊구나"라고 할 만큼 평소 타마키가 스즈메를 어떻게 대하는지 알 수 있다. 스즈메는 그런 '이모 도시락'을 종종 까먹고 안 가져오는 듯 "오늘은 도시락 까먹지 마라"라고 타마키에게 혼나기도 한다.

음식

영화 속에는 다양한 음식이 나온다.
그 음식 장면에서는 등장인물의 심정과
관계성이 잘 드러난다.
각 장면과 캐릭터를 관객들의 인상에
깊이 남기는 중요한 아이템이기도 하다.

심야에 루미의 스낵으로 돌아온 스즈메. 야식인 볶음 우동의 레시피를 놓고 설왕설래가 이어져 감자샐러드를 넣는 이와토 집안 스타일에(소타까지 포함해) 모두 놀라지만, 절묘한 조화로 혀를 내두르는 루미와 미카. 〈너의 이름은.〉에서의 달걀 고로케 샌드위치와 〈날씨의 아이〉에서의 감자칩 볶음밥처럼 "잠시 연구해 다 같이 즐길 수 있는 요리를 묘사하는 게 좋고 영화의 꽃이 되길 바라며 그렸다"라는 신카이 감독.

도호쿠로 향하는 스즈메 일행이 비를 피해 들른 도로 휴게소에서 세리자와가 주문한 라면 정식. 커다란 새우와 조개가 들어간 호화판 라면을 통해 그곳이 바다 근처임을 이야기해준다. 해물의 풍미가 가득한 국물은 장시간 운전으로 지친 세리자와의 몸에 무근하게 스며들었을 것이다.

세리자와의 운전으로 타마키, 다이진, 그리고 사다이진과 스즈메의 본가로 향하는 차 안. 중간에 들른 도로 휴게소에서 식사를 하지 않은 스즈메는 빵과 우유로 간단하게 배를 채운다. 둘 다 현지 명물처럼 보이는 바 이미 차가 도호쿠를 달리고 있음을 알 수 있다.

CAST
INTERVIEW
캐스트 인터뷰

"이 두 사람을 만나 정말 행복했다"라고 신카이 감독이 밝힌 이와토 스즈메 역의 하라 나노카와 무나카타 소타 역의 마츠무라 호쿠토. 이야기와 마찬가지로 파트너로서 함께 1개월 반에 걸친 더빙 여행을 거쳐 개봉을 맞은 당일, 좀처럼 흥분을 가라앉히지 못하는 두 사람에게 이 작품에 담긴 마음을 직접 물었다.

原菜乃華
하라 나노카 × 마츠무라 호쿠토
[이와토 스즈메]
松村北斗
[무나카타 소타]

▶ 이후의 텍스트는 다음 페이지의 ▶으로 이어집니다.

환상적인 첫인상에서 함께 스펙터클을 넘어

—개봉을 맞은 지금, 어떤 기분인가요? 첫 시사회에 참석한 뒤에 느낀 게 있다면 말씀해주세요.

마츠무라 실은 오전 0시 첫 상영을 관객 입장에서 봤는데 그곳에서 제작 단계에서는 좀처럼 느끼지 못한, 처음으로 이 영화를 보는 사람의 반응을 접할 수 있었죠. 이곳에서 웃고 이곳에서 숨을 멈추고 여기서 긴장하고 여기서 얼굴을 가리는구나. 모든 반응이 좋더라고요. 게다가 마지막에는 자연스럽게 박수가 터져 나오고……. 그 광경이 믿어지지 않았고 최고의 시간을 함께 공유한 듯한 마음이었습니다. 관객들에게 도달하기까지 역시 불안했던 것 같습니다. 하지만 그 광경을 가슴에 새겼으니 다음에 갔을 때는 마음이 편안해져서 조금은 냉정하게 볼지도 모르겠네요. 하라 씨는 어땠어요?

하라 저는 첫 시사 때 너무 울어서 조금도 냉정할 수 없었어요. 이대로 가면 영화에 관한 생각을 제대로 표현하지 못해 여러분들에게 폐를 끼칠 것 같았죠. 다음에는 차분하게 제대로 보고 싶어서 관계자 시사회에 다시 갔어요. 역시 두 번째는 조금 냉정하게 볼 수 있었습니다. 초반의 제 연기는 좋게든 나쁘게든 불안정한 부분이 있음을 깨달았습니다. 하지만 그런 제 망설임이 스즈메의 망설임과 이어지고 있음을 알게 됐죠. 틀림없이 그런 것까지 계산해 신카이 감독님과 야마다 음향 감독님이 연출해주셨겠죠. 새삼 대단한 분들이라고 생각

했습니다.

—출연이 결정되었다는 소식을 듣고 나서야 처음 두 분이 만났다고 하더군요. 당시 첫인상은 어땠나요?

마츠무라 스즈메 그 자체구나 하고 생각했습니다.

하라 저도 마츠무라 씨가 녹음한 영상을 보고 '소타 씨가 있네!'라고 생각했습니다. 하지만 그때 만났을 때는 뭐라고 해야 할까……, 죄송해요. 적당한 말을 찾기가 그런데 조금 무서웠어요(웃음).

마츠무라 네? 진짜요?

하라 선글라스를 끼고 계셨죠?

마츠무라 선글라스요? 안 썼는데요.

하라 어라(웃음). 안경 같은 거 쓰고 있지 않았어요?

마츠무라 아뇨. 아무것도 안 썼어요(웃음).

하라 아, 네. 저는 낯을 많이 가려 처음 보는 사람과 대화를 잘하지 못해요. 눈도 제대로 못 맞추고요. 그래선지 마츠무라 씨와 눈을 마주친 기억이 없어서. 혹시 말도 안 되는 실수를 해서 저를 싫어하지 않을까, 하는 생각을 조금 했습니다.

마츠무라 그럴 리는 절대 없지만, 선글라스를 끼고 있었다고 생각할 정도였다는 말이죠(웃음). 저도 상당히 방어적이었나 보네요. 긴장했었거든요.

하라 네. 거의 기억이 없어요.

여기서만 들을 수 있는 스즈메와 소타의 유일한 목소리

—역할은 어떻게 분석했나요?

하라 비디오 콘티를 봤을 때의 감상은 참 잘 달리는 애구나(웃음). 뒤는 생각하지 않고 일단 달린다고 해야 할까, 눈앞의 일에 필사적이라고 해야 하나, 사춘기나 청춘 같은 느낌이 좋았어요. 그런 기세는 제게 없는 거라 동경하기도 했습니다. 자신의 길을 스스로 개척하는 강력함이 있는 사람이에요.

마츠무라 오디션 때 신카이 감독님이 "소타는 신과 인간의 융합체

같은 이미지"라고 말씀하신 게 인상적이었어요. 그런 사람이 내는 목소리는 어떨지 생각하며 다가갔습니다. 제멋대로 해석한 것인지는 모르겠으나 입에서 목소리를 낸다기보다는 어디선지 알 수 없으나 소리가 울려오는 듯한 이미지가 있었습니다. 외모도 차분한 분위기이고 신체적으로도 아주 중심이 단단한 몸이라 목소리의 중심도 낮지 않을까 생각했습니다.

—하라 씨가 연기한 스즈메, 마츠무라 씨가 연기한 소타. 각자의 매력은?

마츠무라 영화를 보신 분들이라면 하라 씨가 스즈메와 얼마나 비슷한지, 감독님과 함께 현장에서 만들어낸 연기가 얼마나 대단한지 아 ▶

▶ 실 겁니다. 하라 씨가 만들어낸 스즈메의 훌륭함을 곁에서 바로 지켜보는 게 제게는 가장 큰 자극이 되었습니다. 현장에서도 대단한 호평을 받았는데 "거기 있어요? 잘생긴 분!"이라고 말할 때나, 쌍둥이들이 티슈를 막 빼낼 때 "안 돼!"라고 하는 목소리나. 목소리의 흔들림이 마음에 쏙 들어오며 제 마음도 흔들리죠. 아무도 할 수 없는 스즈메 그 자체였다고 생각합니다. "이건 작업 거는 거잖아?"라고 할 때의 묘하게 낮고 굵은 목소리도 좋았어요.

하라 제가 스즈메를 연기할 때는 기본적으로 만들어내지 않고 있는 그대로 연기하면 되는데 소타 씨는 연기자에게는 정말 어려운 역인 것 같아요. 사람들과는 동떨어진 면도 있지만, 다른 이에 대한 큰 애정 같은 것도 느껴지고요. 아주 따뜻한 순간이 있는 한편 미스터리어스하고 천진난만하다고 해야 하나, 그런 순간도 있고 사랑스러운 캐릭터가 되는 순간도 있잖아요. 다양한 측면을 지니고 있으면서도 결국은 너무나 인간적인 사람인데 마츠무라 씨의 연기에는 그런 점이 정말 잘 드러나 있어요. 소타 씨의 세계관을 담은 정도가 아주 완벽했어요. 소타 씨의 비주얼에서는 상상할 수 없는 목소리를 낸 적도 있는데 그것조차 다 소타 씨였어요. 마츠무라 씨가 연기한 소타 씨였기에 더 알고 싶은 캐릭터가 되었죠.

—소타는 중간부터 의자로 모습이 변하는데 연기하면서 신경을 쓴 게 있나요?

정말 마츠무라 씨에게 '스즈메'로 받아들여진 듯한 느낌을 강하게 받았습니다.

마츠무라 외모가 변했다고 해서 목소리에 담긴 내면까지 변할 것 같지는 않아 오히려 그 점을 의식했죠. 다만 의자가 된 뒤로는 코믹한 장면이 많아서 그런 의미에서 여러 목소리를 꺼내 봤습니다. "고칠 수도 있겠지만, 다리가 하나 빠진 채 달리는 소타를 그리고 싶었다"라는 감독님의 이야기를 들었어요. 처음에는 소타도 마음대로 움직이지 못하다가 점점 잘 돌아다니잖아요. 다리가 빠진 채 누군가를 돕고 누군가에게 의지해 가는 모습을 제대로 표현해야겠다고 생각했죠.

—애니메이션 목소리 연기는 두 사람 다 처음인데 녹음할 때 어땠나요?

하라 더빙 전에 꽤 연습했어요. 야마다 음향 감독님 지도로 목소리 내는 방법을 배웠죠. 제일 먼저 비디오 콘티를 보고 매일 대사의 쉬는 틈이나 속도 등을 고민하며 외웠습니다. 신카이 감독님이 임시로 녹음해둔 목소리에 맞춰 혼자 중얼거리며 길거리를 두 시간 가까이 돌아다니기도 했죠. 그런데 비디오 콘티의 감독님 연기, 굉장해요! 그걸 받았을 때의 압박감도 장난 아니었어요.

마츠무라 성우라는 일에 전부터 관심은 있었지만, 완전히 다른 세계라고 생각했습니다. 참가할 수 있으면 좋으련만 그럴 수 있을까 생각할 정도로 완전히 다른 세계라는 이미지가 있었죠. 실제로 더빙에 들어가 보니 미지의 영역이 많아 아무리 연습해도 안 되는 게 정말 많더라고요. 신카이 감독님과 야마다 음향 감독님의 지도가 없었다면

하라 나노카 Nanoka Hara
2003년 8월 26일생. 도쿄 출신. 2009년 연예계 데뷔. 2017년 〈오프닝 나이트〉로 13세의 나이에 영화 첫 단독 주연을 맡았다. 주요 영화 출연작으로 〈3월의 라이온〉(2017), 〈죄의 목소리〉(2020), 〈가슴이 떨리는 건 너 때문〉(2021)이 있다. 드라마 출연작으로는 〈나이트 닥터〉(2021), 〈진범인 플래그〉(2021), 〈넘버 MG5〉(2022), 〈무라이의 사랑〉(2022) 등이 있다.

혼자서는 전혀 할 수 없었던 연기였고 목소리였습니다. 이 소리를 가지고 있는 사람은 나지만, 혼자 연주할 수는 없는 상태라고 할까요? 기적 같은 테이크도 많았습니다.

따뜻한 한마디에 도달하기 까지

—이야기 후반에는 요석이 되어 인간으로서의 의식을 잃어가는 소타와 소타를 구하려고 거대한 상대와 대면하는 스즈메의 모습이 그려집니다. 이 두 사람을 표현할 때 어떤 생각을 했나요?

마츠무라 아무도 나를 구할 수 없을 정도로 추락하자고 생각했습니다. 소타를 그리는 데 그게 정답이라고 생각했죠. 신카이 감독님의 지도에 따라 음색을 조정하면서 역시 어떤 누구의 손도 닿지 않는 곳. 깊은 어둠 속까지 떨어져 절대로 아무도 소타를 도울 수 없는 곳까지 가야 한다고 생각했죠. 그리고 그런 소타를, 그런데도 구하는 사람이 스즈메죠.

하라 소타 씨를 데리러 가기로 정한 뒤부터 스즈메는 누구도 말릴 수 없는 상태죠. 늘 초조하고, 마음이 급해 한시라도 빨리 소타 씨가 있는 곳으로 가야 한다는 생각밖에 없죠. 그런 절실함을 소중히 생각하며 연기하자 했어요. 후반부에도 즐거운 장면이 있지만, 스즈메 본인은 정말 다급한 상태죠. 인간이 초조할 때의 신체 상태, 마음에 몸이 끌려가는 느낌. 그런 상태의 목소리를 내는 방법, 떨림을 의식했 ▶

52

마츠무라 호쿠토 Hokuto Matsumura
1995년 6월 18일생. 시즈오카현 출신. SixTONES의 멤버. 2012년 〈사립 바보 레어 고교〉로 드라마 첫 출연, 같은 해 〈극장판 사립 바보 레어 고교〉로 영화 데뷔했다. 연속TV소설 〈컴컴 에브리바디〉(NHK, 2021~2022년)에서는 여주인공의 운명을 움직이는 청년을 연기해 호평을 얻었다. 최근 출연작으로 드라마 〈사랑 따위, 진심으로 해서 뭐해?〉(2022), 영화 〈홀릭 xxxHOLiC〉(2022) 등이 있다.

▶ 어요. 녹음 중에도 늘 손을 꼭 쥐고 힘을 주고 있었어요.

—클라이맥스의 주문 장면에서는 인간 드라마와 스펙터클한 영상이 최고조에 달합니다.

마츠무라 두 마리 토끼를 다 잡고 말았죠. 엄청난 장면이라 집에서 각본을 읽었을 때는 과연 연기할 수 있을까 불안하기도 했는데 녹음할 때는 혼자가 아니어서, 하라 씨, 그러니까 스즈메의 목소리에 힘을 얻으며 최선을 다했습니다.

하라 그렇게 말하면 저는 요석이 된 소타 씨를 빼내는 순간의, 소타 씨의 기억이 쭉 흐르는 장면에서 마츠무라 씨의 목소리에 큰 도움을 받았어요. 스즈메로서 감정이 한껏 고조되는 장면이라 마이크 앞에서 그걸 어떻게 표현할까 불안했죠. 하지만 마츠무라 씨가 연기하는 소타 씨의 목소리를 들으니 불안해할 틈도 없이 스즈메의 감정이 저절로 흘러넘쳤어요. 정말 마츠무라 씨에게 '스즈메'로 인정받은 듯한 느낌을 강하게 받았어요. 옆에 마츠무라 씨가 없었다면 분명 그런 감정은 느끼지 못했을 겁니다.

마츠무라 마지막 둘이서 동시에 요석을 꽂을 때, 토지시로서 가장 중요한 점, 여기서 반드시 봉인해야 한다는 점에서 소타는 스즈메에게 의탁합니다. 스즈메가 "돌려드립니다"라고 외칩니다. 이때 소타의 내면에서는 이미, 이후의 전개와 자신이 할 일을 전부 결정해 놓았을 겁니다. 영화를 보고 나서 마음대로 상상한 것이지만요.

—그렇게 마지막의 "잘 돌아왔어요"로 이어지는군요.

하라 "잘 돌아왔어요"가 더빙의 최종 녹음이었어요. 저도 지금까지의 마음을 담으려고 했고 '잘 돌아왔다'라는 말 자체에 담겨 있는, 아주 특별한 따스함을 곱씹었습니다. 돌아올 곳이 있기에 존재하는 말……. 아주 좋아하는 말이 되었어요.

마츠무라 그때 이유도 없이 저도 부스 안에 하라 씨 옆에 있었어요.

하라 맞아요. 그랬죠. 정말 든든했어요.

마츠무라 사실은 볼 수 없는 환상의 테이크도 있답니다. 스즈메의 "잘 돌아왔어요"라는 말에 소타가 "나, 왔어"라고 대답하는 것도 녹음했거든요.

하라 맞다, 맞아요!

마츠무라 본편에는 쓰이지 않는데 감독님에게는 음원이 남아 있을 겁니다.

하라 스즈메의 "잘 돌아왔어요"라는 인사를 들었을 때 틀림없이 모두의 마음속에 "나, 왔어"라는 말이 울렸을 겁니다. 아주 소중한 테이크였어요.

영화에서 받은 아름답지 않은 희망

—출연자로서, 영화 작업에 참여한 크리에이터 가운데 한 사람으로서 이번 작품의 의미는?

아무도 구할 수 없을 만큼 추락하는 소타를, 그런데도 구하러 가는 게 스즈메입니다.

마츠무라 아주 중요한 질문이네요. 지금까지 저는 작품을 만드는 사람은 엄격함과 절제가 꼭 필요하다고 생각했어요. 그런데 이번 현장에서는 부드럽다고 해야 할까요, 다른 이에 대한 경의를 우선하는 신카이 감독님의 창작 방식을 보며 감명받았습니다. 이 경험은 앞으로 작품에 참여하는 데 큰 양식이 될 겁니다. 계속 마음에 새기고 돌아가고 싶습니다.

하라 심플하게, 엄청난 기술을 가진 분들이, 엄청난 시간을 들여 엄청난 에너지로 만든 작품이란 이토록 마음을 움직이는구나, 라는 점을 배웠습니다. 첫 시사 때 눈물이 멈추지 않았던 것도 이야기에 대한 감동에 더해 작품에 담긴 에너지 때문에 울었던 것 같아요. 어떤 장면을 봐도 그 순간을 만들기 위해 얼마나 많은 시간을 얼마나 많은 사람이 관여했는지 아니까요. 진심을 담고 최선을 다해 만든다는 것은, 틀림없이 많은 이들의 마음에 닿아 많은 이들의 보물이 될 겁니다. 그 과정을 가까이에서 보며 기적 같은 경험을 했으니 정말 행복했죠.

마츠무라 정말이에요. 27살이나 되어서 무슨 소리냐고 하실지 모르지만, 첫 시사를 보고 난 뒤에는 동아리 활동을 끝낸 고3 같은 마음이었어요. 여러 해에 걸쳐 움직였던 현장이 마무리되는 순간이었으니까요. 엔딩 크레딧이 올라갈 때 수많은 섹션이 있는 걸 보고 정말 많은 사람이 참여한 작품임을 다시금 확인했습니다. 영화 자체가 가지는 추억 같은 걸 떠올리고 말았죠.

—두 사람이 이 작품에서 받은 메시지가 뭔지 알려주세요.

하라 살다 보면 상처를 입을 때도 있지만, 하지만 그래도 우리는 오늘까지 살아 있다는 거요. 아무리 슬퍼도 내일이 오고 만다는 게 가장 강력하고 가장 따뜻하게 우리 등을 밀어주었습니다. 그 사실이 설혹 아름답지 않더라도 희망으로 바뀌는 날이 올지 모른다는 사실을 깨닫게 해준 작품입니다. 저 자신, 이 작품을 통해 구원받았나고 느껴요.
마츠무라 〈스즈메의 문단속〉을 끝까지 보면 아는 사실인데, 이 영화는 그날의 스즈메를 스즈메 자신이 돕기 위한 이야기, 주인공이 주인공을 돕는 이야기라고 할 수 있을까요? '아, 그렇구나. 사람은 자신을 구하기 위해 이렇게 필사적이어도 되는구나.' 저는 그것을 깨달았을 때 깜짝 놀랐습니다. 이는 다들 조금씩 힘들게 살아가는 현대인들에게 건네는, 신카이 감독님의 힌트가 아닐까 생각했습니다. 아주 소중한 사실을 배웠습니다.

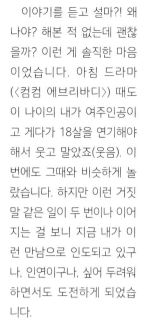

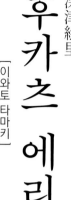

深津絵里
후카츠 에리
[이와토 타마키]

이야기를 듣고 설마?! 왜 나야? 해본 적 없는데 괜찮을까? 이런 게 솔직한 마음이었습니다. 아침 드라마(〈컴컴 에브리바디〉) 때도 이 나이의 내가 여주인공이고 게다가 18살을 연기해야 해서 웃고 말았죠(웃음). 이번에도 그때와 비슷하게 놀랐습니다. 하지만 이런 거짓말 같은 일이 두 번이나 이어지는 걸 보니 지금 내가 이런 만남으로 인도되고 있구나, 인연이구나, 싶어 두려워하면서도 도전하게 되었습니다.

후카츠 에리
1973년 1월 11일생. 오이타현 출신. 1988년 〈1999년의 여름방학〉으로 영화 데뷔. 이후 수많은 영화와 드라마, 연극에 출연. 2003년 〈아수라〉로 제27회 일본아카데미상 최우수 여우조연상, 2010년에는 영화 〈악인〉으로 제34회 몬트리올 세계영화제 최우수 여우주연상, 제34회 일본아카데미상 최우수 여우주연상 등을 받았다. 2021년 하반기 연속TV소설 〈컴컴 에브리바디〉에서는 2대 여주인공 루이를 연기해 큰 화제를 모았다. 최근 주요 출연작은 〈멋진 악몽〉(2011), 〈기생수〉(기생수 완결편)(2014, 2015), 〈해안가로의 여행〉(2015), 〈아주 긴 변명〉(2016), 〈서바이벌 패밀리〉(2017) 등이 있다. 애니메이션 목소리 출연은 이번 작품이 처음이다.

비디오 콘티와 각본을 보고 느낀 점은 신카이 감독의 강한 생각과 각오입니다. 애니메이션은 그리 많이 보지

아주 섬세하고 아름다운 세계 속으로 들어온 신카이 감독의 강렬하고 생생한 말

않았으나 실사로는 그릴 수 없는 것이나 얘기할 수 없는 것도 엔터테인먼트로 다루고 있잖아요. 애니메이션의 강점은 이런 부분이라고 생각합니다. 과거 작품도 봤습니다. 이전 연극에서 함께 공연한 이리노 미유 씨가 성우를 맡은 〈언어의 정원〉(2013)을 처음 봤습니다. 뭐랄까요, 제가 상상했던 애니메이션이 아니었습니다. 아주 섬세하고 아름답고 현실 그 자체이기도 했죠. 이는 정말 최고의 칭찬인데 이 감독 변태구나, 생각했습니다(웃음).

연기는 다른 연기와 그리 다르지 않을 것 같았습니다. 그런데 정말 다르더군요. 당연한 말일지 모르지만, 상대의 눈을 보고 연기할 수 없더라고요. 그 점이 근본적으로 달랐습니다. 실사에서는 상대방의 눈을 보며 타이밍이나 원하는 것을 느끼며 만들어가는데 애니메이션은 다양한 제약 속에서 감정을 제대로 싣는 고도의 기술이 필요함을 더빙 첫날 깨달았습니다(웃음). 정말 초보자라 아무것도 몰라서 감독님이 손짓에 발짓까지 해가며 알려주시고, 한심한 저를 끈질기게 격려해주셨어요.

감독님과 처음 만났을 때 「Tamaki」라는 노래를 들려주었습니다. 본편에서는 쓰이지 않았으나 RADWIMPS의 노다 요지로 씨가 타마키에게 영감을 받아 만든 곡으로, 참고가 되면 좋겠다고 감독님

이 특별히 들려주었죠. 정말 큰 도움이 되었습니다. 타마키도 스즈메라는 캐릭터의 일부죠. 혈연으로 이어져 있고 같은 아픔을 안고 있는 사람이니까요. 그런 마음이 드러나길 바라면서 연기했습니다. 그리고 "내 인생 돌려줘!"라는 말이 깊이 가슴에 남아 있습니다. 이 말은 타마키의 마음의 소리이기도 하지만, 언니(츠바메)가 하고 싶었던 말일지도 모릅니다. 게다가 이 말을 가슴에 묻고 있는 사람이 아마 많을 겁니다. 이토록 강렬하고 생생한 말이 판타지 세계 속에 슬쩍 들어 있더군요. 신카이 감독님의 대단함을 새삼 느꼈습니다.

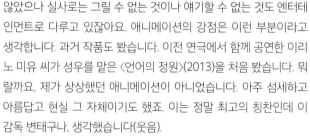

* 극장 팸플릿용 인터뷰 재수록

55

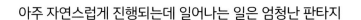

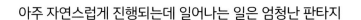

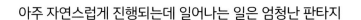

CAST INTERVIEW 03

染谷将太

소메타니 쇼타
[오카베 미노루]

아주 자연스럽게 진행되는데 일어나는 일은 엄청난 판타지

오카베 미노루는 순수하고 솔직한 사람이니까 목소리의 이미지는 일부러 꾸미지 않으려고 노력했습니다. 의식해서 꾸미기보다 기본은 나 자신인데 꼭 만들어내야 하는 부분을 자연스럽게 잡아내 미노루로 만드는 느낌입니다.

원래 〈스즈메의 문단속〉은 제작 발표부터 알고 있었어요. 아, 신작이 나오는구나. 재미있겠다! 영화관에 가서 보려고 했지 설마 내가 참여할 줄은 몰랐기 때문에 놀랍기도 하고 기쁘기도 했습니다.

감독님의 작품은 전에도 봤었고 그려진 모든 게 정말 아름답다고 생각했습니다. 〈너의 이름은。〉은 물론 〈날씨의 아이〉도 무엇이 정답인지 생각하게 하면서 그보다 먼저 아름다움을 느끼게 했습니다.

신카이 감독님의 작품에는 말도 안 되는 일이 자연스럽게 쓱 벌어진다는 인상이 있는데 감독님 본인도 아주 자연스럽게 연출하는 분이라 인품이 작품에 드러나고 있음을 알 수 있었습니다.

아주 자연스럽게 진행되는데 일어나는 일은 엄청난 판타지, 정말 멋지다고 생각했습니다.

이번 작품에서는 문 하나로 이 세계가 다른 세계로 변합니다. 달랑 하나의 문이 나타난 것뿐인데 말도 안 되는 모험으로 끌려 들어갑니다. 뭐라고 할까요, 있을 수 없다는 생각보다. 있을 수 없다는 생각보다. 그 문만 나타나면 정말 그런 세계가 있지 않을까……, 내 앞에 문이 나타나지는 않을까……, 그런 기분이 들어요. 우리에게 아주 가깝게 느껴지는 판타지입니다.

소메타니 쇼타
1992년 9월 3일생. 도쿄 출신. 9살 때 〈스테이시〉로 영화 첫 출연, 2009년 〈판도라의 상자〉로 장편영화 첫 주연을 맡았다. 〈두더지〉(2012)로 베니스국제영화제 신인배우상을 받았다. 중일 합작 영화 〈공해 KU-KAI〉(2018)에서는 주연을 맡아 중국어로 연기했다. 2020년, 대하 드라마 〈기린이 온다〉에서는 오다 노부나가를 열연했다. 주요 출연작은 〈가부키초 러브호텔〉(2015), 〈사토시의 청춘〉(2016), 〈퍼스트 러브〉(2020) 등이 있다. 단편 〈기요스미〉(2015) 등 감독을 맡은 작품도 2편 있다.

CAST INTERVIEW 04

伊藤沙莉

이토 사이리
[니노미야 루미]

감싸는 듯한 다정함을 표현하면 좋겠다는 마음이었습니다.

처음 신카이 감독님이 쓴 기획서를 읽었는데 그 안에 기도 같은 마음이 담겨 있고 그것을 작품으로 표현한다는 점이 정말 멋있었습니다. 이제까지는 애니메이션 영화를 별로 본 적 없는데 성인이 다 된 나이에 처음으로 극장에 가서 본 작품이 〈너의 이름은。〉이었습니다. 그리고 새삼 애니메이션이 이토록 멋있는지 알게 되었습니다. 〈스즈메의 문단속〉도 관객으로서 즐기려 했던 터라 출연 얘기는 정말 놀랍고 또 기뻤습니다.

루미는 스즈메가 어마어마한 여행 속에서 만나는 사람이므로 감싸는 듯한 다정함을 표현하면 좋겠다는 마음으로 임했습니다. 간사이 사투리 때문에 고생했지만 더빙은 정말 즐거웠습니다. 신카이 감독님 작품의 매력에는 성우들의 표현력도 있다고 생각합니다. 직접 해보니 이런 게 있구나 하는 부분은 감독님이 과장된 연기를 그다지 요구하지 않는다는 점입니다. 자유롭게 연기하게 두면서도 대사 하나하나와 어떤 장면에서 원하는 것은 명확하고 알기 쉽게 지적하세요. 정말 따뜻하면서도 정성을 다해 작품과 캐릭터들이 사랑받고 있구나 하는 생각이 들었습니다.

가장 인상적인 대사는 "중요한 일은 다른 사람에게 보이지 않는 게 더 좋아"라는 소타의 대사입니다. 정말 깜짝 놀랐습니다. 그리고 볶음 우동에 감자 샐러드는……상상도 못 했어요(웃음). 하지만 감독님의 작품에는 늘 음식이 정말 맛있게 그려져서 집에서 해 먹어 볼까 하는 생각이 들었습니다. 일상 묘사에 따뜻함이 있는데 그런 섬세한 부분도 아주 멋져요.

이토 사이리
1994년 5월 4일생. 치바현 출신. 연속TV소설 〈병아리〉로 화제를 모아 갤럭시상 TV부문 개인상, 엘란도르상 신인상, 블루리본상 여우조연상, 야마지 후미코 여배우상 등 다수의 상을 받았다. 최근 출연작은 영화 〈조금 생각났을 뿐〉(2022), 드라마 〈살색의 감독 부라니시〉(2019, 2021), 〈미스터리라 하지 말지어다〉(2022), 〈주워진 남자 LOST MAN FOUND〉(2022) 등이 있다. 목소리 연기는 TV 애니메이션 〈영상연에는 손대지 마!〉(2020), 영화 〈마이펫의 이중생활2〉(2019) 〈쥬라기 월드: 도미니언〉(2022) 등이 있다. 주연 영화 〈탐정 마리코의 생애에서 가장 비참한 날〉의 개봉을 앞두고 있다.

56

花瀬琴音

하나세 코토네

[아마베 치카]

감독님의 따뜻함 속 열정이 작품에 반영되어 있더군요.

하나세 코토네
2002년 4월 22일생. 도쿄 출신. 2023년 개봉 예정인 〈먼 곳〉에서 영화 첫 주연을 맡았다. 이 작품은 체코에서 열리는 까를로비 바리 영화제 본선 경쟁 부문에 오르기도 했다. 출연작은 연극 〈도쿄 리벤저스〉(2021)의 타치바나 히나타 역, 〈도쿄 리벤저스 피의 핼러윈편〉(2022), 뮤직비디오 아다치 카나 feat.Tani Yuuki의 「느긋하게 둘이」(2022) 등이 있다.

목소리만으로 표현하는 일은 아무래도 온몸으로 표현하는 것과는 달라 힘들었어요. 신카이 감독님 작품의 아름다운 그림과 풍부한 표정의 캐릭터에 목소리를 맞춰 연기하는 건 정말 어려웠습니다. 감독님은 정말 따뜻하고 정중한 분이셨어요. 더빙 때도 한 테이크를 녹음할 때마다 매번 "고맙습니다"라고 말씀하셨어요. 하지만 그 따뜻함 속에 대단한 열정이 있었어요. 그 열정이 모든 작품에 반영되어 그토록 멋진 작품이 완성되는 것 같았어요.

원래 감독님 작품의 팬이라 오디션을 받아 감독님에게 제 연기를 보여드릴 수 있다는 것만으로 기뻤는데 치카라는 중요한 역할까지 연기하게 되어 큰 영광이었습니다. 제일 좋아하는 작품은 〈날씨의 아이〉입니다. 주인공 둘이 정말 어리잖아요. 아이로 보이는 순간도 있는 둘이 온갖 일을 겪는 게 신선했습니다. 현실에서 눈을 돌리지 않고 직면하며 그리는 감독님의 작품관은 정말 멋져요.

치카는 한없이 밝고 씩씩해서 귀여워요. 입술이 정말 통통해서 밥을 먹는 장면에서는 그 입만 보게 되더라고요. 정말 멋진 입술을 가졌구나 싶었죠(웃음). 에히메에 사는 여학생이라 다 사투리로 대사를 해야 했는데 사투리를 가르쳐주러 온 또래 여배우님이 "젊은이들은 어미에 '그러지?' '그래'라는 말을 잘 붙여요"라고 하셔서 그 점을 반영했어요. 에히메에 사시는 분들이 우리는 저렇게 얘기 안 한다고 하면 큰일이므로 에히메의 분위기를 살리려고 노력했습니다.

花澤香菜

하나자와 카나

[이와토 츠바메]

대본 체크 단계부터 눈물이 멈추질 않았어요.

하나자와 카나
도쿄 출신. 아역배우로 시작해 2003년 TV 애니메이션 〈LAST EXILE〉로 성우 데뷔했다. 주요 출연작으로 〈포켓몬스터〉의 코하루 역, 〈귀멸의 칼날〉 칸로지 미츠리 역, 〈PSYCHO-PASS〉의 츠네모리 아카네 역, 〈시끌별 녀석들〉의 란 역 등이 있다. 신카이 감독 작품 〈언어의 정원〉(2013)에서는 유키노 역을 맡아 호평을 얻었다. 성우 외에도 라디오 DJ와 내레이션, 가수로도 폭넓게 활동하고 있다. 2023년 〈쿠보 양은 나를 내버려 두지 않아〉의 방영을 앞두고 있다.

신카이 감독님의 작품에 다시 참여할 수 있어서 정말 기뻤어요! 감독님과는 네 번째 함께 작업하는데 〈언어의 정원〉(2013)에서는 그때 제 나이보다 위, 그리고 불안정한 심리의 인물을 연기해야 해서 부담이 컸는데 감독님이 직접 역이나 장면에 대해 자세히 설명해주셔서 정말 감사했어요. 감독님은 언제 만나도 따뜻하고 살짝 장난꾸러기라 쉽게 친해지는 분이죠. 그래서 저도 모르게 수다를 떨게 돼요(웃음). 이번에 각본과 비디오 콘티를 보면서 스즈메가 자기 마음에 담긴, 어찌할 바 모를 슬픔과 대면하는 장면에 감동했어요. 신카이 감독님 작품에서 제일 좋아하는 점인데 어느 순간 캐릭터의 감정이 단박에 몰려와 보는 사람도 그에 저항하지 못하고 하나가 되는 느낌이 이번에도 대단했어요. 대본 체크 단계부터 눈물이 멈추질 않았어요. 제가 담당한 츠바메는 간호사로 일하는 태양처럼 쨍하게 밝은 여성이고 스즈메의 어머니입니다. 스즈메가 어릴 때부터 사용하는 그 의자와도 깊은 관련이 있죠. 대사는 사투리 정도를 신경 쓰면서 여러 패턴을 녹음했습니다. 이야기 속에 인상적으로 등장하는 일상적인 장면을 조심스레 연기했습니다.

神木隆之介
카미키 류노스케
[세리자와 토모야]

카미키 류노스케
1993년 5월 19일생. 사이타마현 출신. 2살 때 광고로 데뷔. 이후 다수의 드라마와 영화에 출연. 2005년에는 〈요괴 대전쟁〉으로 제29회 일본아카데미상 신인배우상을 받았다. 성우로서도 평가가 높아 미야자키 하야오 감독의 〈센과 치히로의 행방불명〉(2001)과 호소다 마모루 감독의 〈썸머 워즈〉(2009), 신카이 마코토 감독의 〈너의 이름은。〉(2016) 〈날씨의 아이〉(2019)에 출연했다. 그밖의 주요 출연작으로는 영화 〈키리시마가 동아리 활동 그만둔대〉(2012), 〈바람의 검심〉 시리즈(2014, 2020), 〈홀릭xxxHOLiC〉(2022) 등이 있다. 2023년에는 연속TV소설 〈란만〉의 주연으로 결정된 외에 영화 〈다이묘 도산〉이 6월 23일 개봉했다.

세리자와는 소타보다 약삭빠르게 보여도 사실은 더 서툰 사람이죠.

설마 제가 출연할 줄은 몰라서 이야기를 들었을 때 영광으로 생각했습니다. 처음에는 또 (〈너의 이름은。〉〈날씨의 아이〉의 타치바나) 타키인가 생각했습니다. 그런데 세리자와라고 지금까지 제가 해본 적 없는 캐릭터에다 딱 보기에도 저음일 듯한 이미지라 정말 내가 해도 괜찮을까 싶더군요. 하지만 신카이 감독님의 작품에 다시 참가할 수 있다는 것만으로도 행복했습니다. 주인공들을 지켜보는 위치의 역할은 처음이라 부담도 있었으나 최대한 저음을 내려고 노력했습니다.

세리자와는 대충 사는 것 같아도 아주 다정한 녀석입니다. 경박함과 성실함을 다 갖춘 게 특징이라 그 밸런스를 생각하며 연기했습니다. 돈 얘기를 꺼내는 것도 걱정하고 있음을 들키지 않으려고 애써 쑥스러움을 감추는 행위죠. 소타보다 싹싹하고 약삭빠르게 보여도 사실은 아주 서툰 사람이에요. 소타 역을 맡은 마츠모토 씨와 친해서 감정이입이 쉬웠습니다. 소타도 마츠모토도 미스터리한 섹시함이 있어서 맞춤 캐스팅이라고 생각했습니다. 실제로 만나면 늘 한심한 이야기나 하지만(웃음). 이번에는 더빙 스튜디오에서 만나 목소리 연기를 함께 할 수 있었던 것도 기쁩니다.

그리고 세리자와는 신카이 감독님 작품에 늘 하나씩 있는 흡연 담당 캐릭터이기도 합니다. 아주 사소한 부분에서 연기를 내뱉거나 들이켜는 연기가 필요해 흡연 담당이 의외로 힘들다는 사실을 깨달았습니다(웃음). 대사 가운데 "친구 걱정하는 게 나빠?!"라는 한마디가 인상적이었습니다. 교사를 꿈꾸는 사람이다 보니 본능적으로 지켜보며 이끌어 줘요. 정말 착한 녀석이에요.

松本白鸚
마츠모토 하쿠오
[무나카타 히츠지로]

©三浦憲治

마츠모토 하쿠오
1942년 8월 19일생. 3살 때 처음 무대를 밟았다. 1949년 〈사카로〉 공연 이후 6대 이치카와 소메고로(市川染五郎)라는 이름을 물려받았고, 9대 긴쇼(琴松)로 가부키 공연을 연출했으며 2018년에 2대 하쿠오의 이름을 받았다. 그의 대명사이기도 한 가부키 〈간진초〉의 벤케이 역을 비롯해 뮤지컬 〈왕과 나〉〈맨 오브 라만차〉, 드라마 〈임금님의 레스토랑〉 등 장르를 넘나들며 활약하고 있다. 2005년 자수훈장, 2012년에 문화공로자, 2022년에는 문화훈장을 받았다.

감독이 '품격'이 없어선 안 된다고 말씀하셔서 그 점을 명심했습니다.

신카이 감독의 〈날씨의 아이〉와 〈너의 이름은。〉을 이미 본 터라 함께 할 수 있게 되자 기꺼이 〈스즈메의 문단속〉 출연 제의를 받아들였습니다. 이전에 외국영화 더빙 경험은 있으나 애니메이션 목소리 연기는 처음입니다. 감독이 온갖 수단을 동원해 가르쳐 주어 도움이 되었습니다. 배우에게 대사란 중요한 요소이므로 목소리 연기는 중요하다고 생각합니다. 60년도 전, TV도 없던 시절에 연속 라디오 드라마 〈가라테 꼬마의 모험〉 같은 작품을 교복도 벗지 않은 나이에 연기했는데 그때의 목소리 연기는 대사 연습에 큰 공부가 되었습니다. 신카이 감독은 아주 재치 있는 사람입니다. 역할 설명이 아주 상세하면서도 정중하게 알려주는데 그 점 정말 감사했습니다. 이번에 맡은 무나카타 히츠지로라는 역은 정말 어려웠습니다. 감독이 무엇보다 '품격'이 있어야만 한다고 해서 그 점을 명심하며 연기했습니다. '품격'이란 것을 수없이 스스로 생각했습니다. 감독 외에도 멋진 스태프들이 정말 친절하게 대해주었습니다. 영화는 연극과 다르게 감독의 예술이라고 하는데 무나카타 히츠지로라는 캐릭터가 어떻게 그려질지 저도 손꼽아 기다리고 있습니다. 각본과 비디오 콘티로 본 인상으로는 이 작품은 매우 어렵고 깊이 있는 작품입니다. 하지만 인간의 생사란 문을 열고 닫는 동작 하나로 정해지는 것일지도 모르겠네요.

스즈메의 문단속 제작 노트

2021년

4월	작화 작업 개시
7월	미술용 로케이션 촬영 시작
12월 15일	제작 발표 회견

2020년 9월~2021년 1월	콘티 개발

2020년

1월~3월	기획 개발
4월	〈스즈메의 문단속〉 기획서 제출
4월~8월	각본 개발
6월	설정용 로케이션 촬영 시작
7월	캐릭터 러프 완성
9월	미술 보드 등 완성

2022년

3월	캐스팅 오디션 시작
4월 9일	티저 비주얼 공개
4월 10일	특보 공개
7월 5일	이와토 스즈메 역(하라 나노카) 발표
7월 15일	예고(1) 공개
7월 하순	더빙 시작
9월 6일	무나카타 소타 역(마츠무라 호쿠토) 발표
9월 29일	메인 비주얼과 예고(2) 공개
10월 초	더빙 시작*
10월 21일	완성
10월 25일	완성 기자회견, 완성 시사회
11월 11일	개봉

※ 영상과 음악을 합치는 작업

로드무비란 영화 주인공이 여행하는 동안에 발견과 좌절을 맛보고 성장하는 모습을 그리는, 여행에서 벌어지는 일들을 중심으로 그리는 작품이다. 〈스즈메의 문단속〉에서는 17살의 스즈메가 규슈에서 도호쿠까지 '문을 닫는 여행'을 하는 동안 사람들과의 만남을 통해 성장하는 모습이 그려진다. 이런 성장을 그린 로드무비의 대표작이 〈스탠 바이 미〉(1986)다. 이 작품은 30킬로미터 밖에 있다는 소년의 시신을 찾으러 여행을 나선 10대 소년 4명의 이야기인데 그들은 여행하는 동안 용기와 우정을 시험당하며 서로의 고민을 이해한다. 여행을 끝냈을 때 그들이 소년에서 조금은 어른으로 변모한 모습에 마음이 푸근해진다. 일본 영화 〈사바칸 SABAKAN〉(2022)도 마찬가지로, 이 작품에서는 산을 넘어 바다까지 돌고래를 보러 떠나는 소년 두 사람의 자전거 여행이 그려진다. 자전거가 부서지고 불량배와 얽히기도 하지만, 우정으로 위기를 넘기는 소년들의 풋풋한 모습이 인상에 남는 작품이다.

애니메이션에서도 여행 중에 성장하는 모습을 그린 작품이 많다. 〈은하철도 999〉(1979)에서는 기계 몸을 얻기 위해 주인공 테츠로가 수수께끼에 싸인 미녀 메텔과 은하철도를 타고 우주 너머로 여

행을 떠난다. 막부 말을 무대로 한 〈카무이의 검〉(1985)에서는 닌자 지로가 캡틴 키드의 보물을 노리고 일본에서 미국까지 여행한다. 〈게드전기〉(2006)에서는 세계의 균형이 무너지고 있음을 알아낸 하이타카(게드)가 주인공 아렌과 재앙의 근원을 찾는 여행에 나선다. 또 〈겨울왕국〉(2013)에서도 안나가 크리스토프와 올라프와 함께 언니 엘사를 찾아 나서는 여행을 그렸다. 이들 작품에서는 목적을 가지고 여행에 나선 주인공이 여행을 통해 성장하고 목적과는 조금 다른 자기만의 답을 발견하는 과정을 그리고 있다. 〈스즈메의 문단속〉에서도 스즈메는 단순히 문을 닫기만을 위한 여행이 아니라 자신의 과거와 대면해 그동안 내면 심리를 짓누르고 있던 질문의 대답을 손에 넣는다.

로드무비에서는 둘이 나서는 여행이 제일 많다. 이 작품에서도 스즈메와 의자로 모습이 변한 소타 두 사람의 여행을 그리고 있다. 특히 두 사람의 여행에서 눈에 띄는 점은 1960년대부터 1970년대 초에 걸친 아메리카 뉴 시네마. 진흙탕 싸움으로 변질된 베트남 전쟁 중에 국가의 방향성을 잃은 미국에서 영화 주인공들은 인생을 바꿀 '무언가'를 찾아 파트너와 함께 여행길에 오른다. 두 명의 라이더가 오토바이로 미국을 횡단

하는 〈이지 라이더〉(1969)를 비롯해 밑바닥 인생에서 벗어나려고 뉴욕에서 플로리다까지 여행하는 두 사람을 그린 〈미드나잇 카우보이〉(1969), 히치하이킹 중에 만난 두 사람이 디트로이트로 향하는 〈허수아비〉(1973) 등 이 시기에 만들어진 두 사람의 여행 영화는 로드무비의 수작으로 영화사에 새겨져 있다. 뉴 시네마 시기 이후에도 두 여성이 차를 타고 여행하는 과정에서 지루한 일상에서 해방되는 과정을 그린 〈델마와 루이스〉(1991). 젊은 시절의 체 게바라의 여행기를 바탕으로 중고 오토바이를 타고 두 젊은이가 남미 횡단 여행에 나서는 〈모터사이클 다이어리〉(2004). 인종차별이 격렬했던 1960년대를 배경으로 콘서트 투어를 감행하는 흑인 피아니스트와 그의 백인 운전사가 인종의 벽을 넘어 우정을 쌓는 〈그린북〉(2018) 등 두 사람의 여행을 그린 작품은 꾸준히 제작되어왔다.

또 〈스즈메의 문단속〉은 스즈메와 소타가 다이진을 쫓아 여행하는 추적극이기도 하다. 이 추적극 형태의 로드무비로는 아내를 살해했다는 누명을 쓴 의사가 진범을 찾으면서 연방보안관의 집요한 추적을 따돌리는 〈도망자〉(1993)와 폭력단 간부와 야반도주한 아내를 쫓아 형사가 홋카이도에서 가고시마까지 여행하는 〈야사구레 형사〉(1976). 문명사회가 붕괴한 세계를 무대로 폭력으로 세계를 지배하려는 이모탄 조 일당에 맞서 주인공 맥스와 퓨리오사가 쫓기고 쫓는 싸움에 나서는 목숨을 건 여행 〈매드맥스 분노의 도로〉(2015) 등이 있는데 스릴과 액션이 가득한 전개가 추적극의 정수라 할 수 있다.

로드무비를 전체적으로 얘기하자면 사람과의 만남과 이별을 되풀이하는 전개는 어떤 의미에서는 인생의 축소판이며, 여러 번의 이별을 통해 등장인물은 성장한다. 스즈메 역시 만난 사람들이 헤어질 때 건네는 말에 힘을 얻어 여행하며 성장한다. 인생의 잊을 수 없는 순간을 여행 속에 응축시킨 로드무비는 시대도 국경도 초월해 인간의 마음을 사로잡는 매력을 지니고 있다.

로드무비

'로드무비'에는 동양과 서양을 불문하고 수많은 명작 영화가 존재한다. 〈스즈메의 문단속〉을 본 뒤에 이런 작품을 다시 보면 또 다른 재미를 느낄 수 있을 것이다.

ART WORK

아트 워크

〈스즈메의 문단속〉의 한 컷이 완성될 때까지

```
기획
  │
각본
  │
미술 설정 ─── 캐릭터디자인
  │
콘티
  │
레이아웃
  │
작화(원화/동화) ─ CG ─ 미술 배경 ─ 2D 작업
  │
마무리 ─── CG
  │
촬영 체크
  │
촬영
```

감독은 물론 애니메이터와 미술 배경, CG까지 수많은 스태프의 공동 작업을 거쳐 완성하는 한 편의 영화. 여기서는 그 제작 흐름을 대강 정리해 보기로 한다. 〈스즈메의 문단속〉의 기획이 완성된 게 2020년 4월. 저출산과 재해로 사람이 사라진 장소를 추모하는 이야기로 구상한 이 작품은 기획에 오케이 사인이 나온 뒤 각본 작업을 본격적으로 시작했다. 이후 캐릭터디자인과 미술 설정, 로케이션 탐방 등 작품의 기초를 다지는 준비가 시작된다.

또 극 중에 등장하는 의자와 미미즈 표현에 CG가 이용된 것도 특징 중 하나이다. 대폭 늘어난 CG 물량이 이 작품의 새로운 비주얼 표현에 크게 기여했다. 더불어 이 작품에는 '촬영 체크'라고 하는 공정이 있었던 게 가장 큰 포인트. 셀(캐릭터)과 미술 배경을 합성하는 촬영을 하기 전에 감독이 직접 한 컷씩 점검해 촬영 처리 지시를 내리는 것이다. 그 결과 이 작품은 감독 자신의 '색깔'이 더 짙게 드러나게 되었다.

콘티

완성된 각본과 함께 일단은 영화의 설계도가 되는 콘티가 만들어진다. 콘티에는 이 컷에서 화면에 무엇을 담을 것인지를 나타내는 Picture와 그것을 보충하는 Action(행동), Dialoge(대사), SE(효과음)가 표시되어 있다. 신카이 감독은 〈너의 이름은.〉 이후 'Storyboard Pro'라는 디지털 콘티 제작 툴을 이용해 비디오 콘티를 작성하고 있다. 현장에서의 작업 효율을 고려해 종이로 출력한 것도 준비한다. 신카이 감독은 비디오 콘티의 이점으로 실제 영상과 더 비슷한 형태로 템포와 타이밍을 확인할 수 있다는 점을 꼽았는데 감독 본인이 대사를 녹음하고 효과음과 배경음악까지 임시로 붙여 보다 감각적으로 영화의 전체상을 파악할 수 있는 게 특징이다. 이 콘티를 바탕으로 컷 제작에 들어간다.

레이아웃

콘티를 바탕으로 컷마다 그림을 어떻게 정리할지를 더 자세히 표시한 것을 '레이아웃'이라고 한다. 위는 스즈메가 쌍둥이를 보살피는 컷(B파트 Cut306)의 레이아웃인데 3DCG로 작성되었음을 알 수 있다. 이번 작품에서는 이처럼 3D 레이아웃과 애니메이터가 직접 그린 레이아웃을 함께 사용했다. 오차노미즈역 주변에서의 다이내믹한 추적 장면 등 3D 레이아웃을 활용한 장면도 많다. 레이아웃을 바탕으로 컷 내부를 구성하는 요소마다 제작이 진행된다.

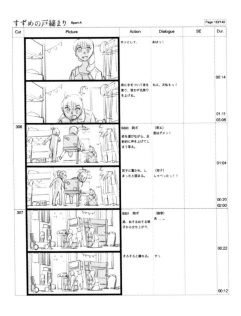

루미의 스낵에 있는 아이 방에서 스즈메가 쌍둥이 남매를 돌보는 장면의 그림 콘티. 캐릭터의 코믹한 연기가 인상적인 장면이다.

작화(원화·동화)

'원화(原畫)'는 캐릭터의 핵심이 되는 움직임과 타이밍을 한 장씩 애니메이터가 그리는 공정. 이후 선의 크린냅과 사이의 움직임을 그리는 '동화(動畫)', 색을 칠한 '셀'이라는 소재에 의한 '마무리' 공정으로 공정이 흘러간다. '원화'를 작화할 때는 가이드라인으로 비디오 콘티에서 감독이 녹음한 대사나 효과음의 타이밍이 연기의 기준으로 활용되는 점도 신카이 감독 작품의 특징이다.

CG

스즈메와 함께 여행하는 의자(소타)는 CG(3D)로 제작되었다. '셀'과 차이가 나지 않도록 움직임과 형태를 놓고 최대한 테스트를 되풀이했다. 주선(主線), 트레스선, 색칠, 배경 등의 부분을 나눠 컷마다 색을 조정할 수 있도록 했다.

주선   트레이스선   색칠   그림자색   그림자

촬영 체크

이 작품의 작화에서 가장 큰 특징이 바로 이 '촬영 체크'라고 하는 공정이다. 이 공정은 컷을 구성하는 요소(캐릭터, CG, 미술 배경 등)가 다 갖춰진 단계에서 신카이 감독이 한 컷씩 확인해 색과 콘트라스트를 조정해 촬영 처리 등과 함께 촬영 팀에 지시를 내린다. 감독 스스로 독특한 색채 감각을 화면에 정착시키는 공정이라 할 수 있다. 왼쪽이 '촬영 체크'의 소재이고 끝나면 왼쪽 아래처럼 조정된 화면과 함께 자세한 지시가 덧붙여져 있다.

촬영

'촬영 체크'에서 내린 감독의 지시를 바탕으로 각 소재의 색 조정이나 카메라워크, 빛 등의 효과를 추가해 모든 소재를 모으는 마지막 작업 공정. 컷을 더 매력적으로 보이게 하는 효과를 모색한다. 이렇게 한 컷씩 완성된 영상이 다음 편집 공정으로 이어져 하나의 필름이 된다.

완성된 소재를 그대로 조합한 상태(왼쪽)와 '촬영 체크' 공정을 거쳐 최종적으로 효과 등을 더한 완성 화면(오른쪽). 별다른 차이가 없는 듯 보이지만 빛이나 색 조합이 조정되었다.

고문서

소타의 방에 있는 '토지시'에 관한 오래된 책. 고문서는 『토지시 비전 초록』,
『토지시 일지』『고금 요석 목록』『무나카타 가문 규범』『지진고』『다이진고』
『간토대지진 부감도회』라는 7종류의 소재로 작성되었다. 과거 토지시가 기
록한 당시의 재해와 요석에 관한 기록이 담겨 있다.

간토대지진 부감도회

간토대지진을 기록한 그림. 미미즈가 어느 정도 감길
지 등이 스태프들에 의해 정밀하게 조정되었다.

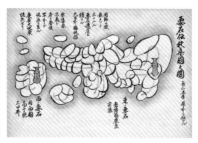

고금 요석 목록

현재까지의 요석의 변천을 기록한 고문서. 스즈메와 소
타는 도쿄에 있을 요석의 정보를 얻으려 했으나 어떤
문서를 읽어도 자세한 정보는 얻을 수 없었다.

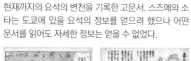

토지시 비전 초록

당시 분화하는 그림이 미미즈처럼 그려져 있다.

용 머리에 꽂힌 요석. 스태프가 1600년경 에도시대의 기록을 참고로 작성했다.

네모필라 에튜드

황소자리, S의 창가에서

생명과 간호

스즈메 방의 책

스즈메의 방에 있는 책은 만화나 고전문학뿐만 아니라 간호에 관한 것, 10대에게 인기를 끈 러브 스토리까지 스즈메의 인간상을 잘 알 수 있는 독특한 서적으로 구성되었다.

핸드폰 화면 안

❶지금 어디? 걱정하잖아. ❷일단 연락해. ❸전화 끊어서 미안해요! ❹괜찮아요! ❺무사히 돌아갈게요! ❻걱정하지 않아도 괜찮아요! (꾸벅)

지도 앱

로드무비를 이끄는 역할로서 중요한 지도 앱. 각 장면에서 축척이 다른 여러 종류의 패턴을 준비해 모션을 여러 번 테스트했다. 앱에 따라 아이콘도 다르고 자동차 내비게이션과 합쳐 약 20종류의 지도를 준비했다.

휴대전화 화면

개인적인 취향이 잘 드러나는 스마트폰 바탕화면은 책의 디자인과 마찬가지로 '스즈메가 옛날부터 읽어 온 그림책'이라는 설정으로, 새로 디자인했다. (왼쪽: 대기화면 오른쪽 : LINE 화면)

뒷문의 열쇠 구멍

뒷문의 열쇠 구멍은 문에 따라 모양이 저마다 다르다. 스즈메가 어릴 때 잘못 들어가 뒷문의 열쇠 구멍은 제비(엄마 이름 츠바메가 일본어 제비와 발음이 동일)처럼 보이게 하는 등 뒷문이 열린 각 장소의 특징을 잡은 디자인인 게 흥미롭다.

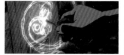
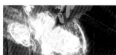

이와토 스즈메

규슈 미야자키 바닷가 마을에서 사는 17살 고교생.
어렸을 때 도호쿠에서 살았는데
대지진으로 어머니를 잃은 뒤 이모 타마키와 살게 되었다.
광활한 폐허 속에 어린 자신이 헤매며 걷는 꿈을 종종 꾼다.

캐릭터 디자인

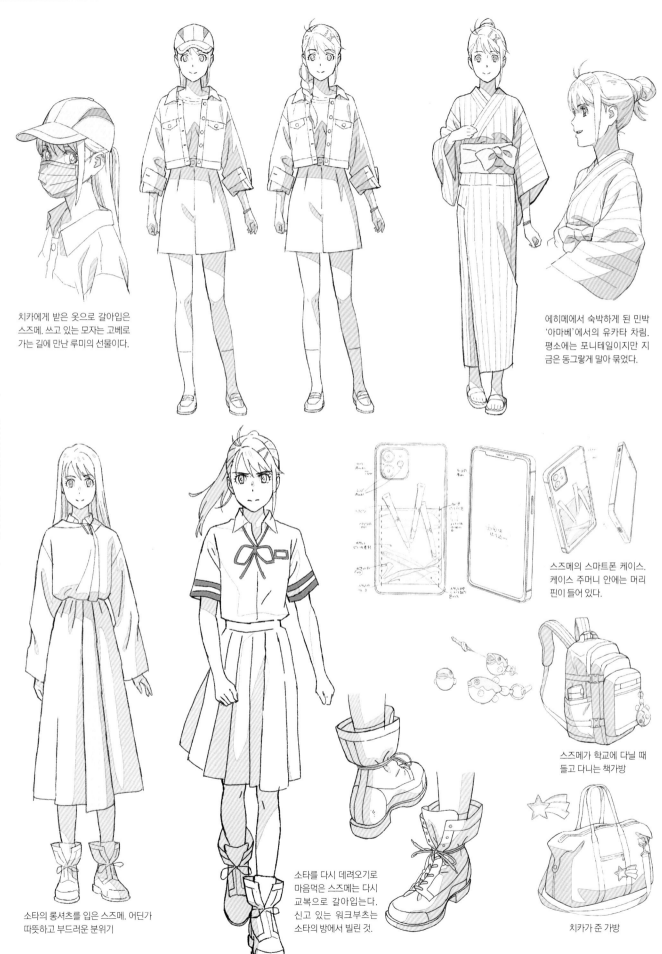

치카에게 받은 옷으로 갈아입은
스즈메. 쓰고 있는 모자는 고베로
가는 길에 만난 루미의 선물이다.

에히메에서 숙박하게 된 민박
'아마베'에서의 유카타 차림.
평소에는 포니테일이지만 지
금은 동그랗게 말아 묶었다.

스즈메의 스마트폰 케이스.
케이스 주머니 안에는 머리
핀이 들어 있다.

스즈메가 학교에 다닐 때
들고 다니는 책가방

소타의 롱셔츠를 입은 스즈메. 어딘가
따뜻하고 부드러운 분위기

소타를 다시 데려오기로
마음먹은 스즈메는 다시
교복으로 갈아입는다.
신고 있는 워크부츠는
소타의 방에서 빌린 것.

치카가 준 가방

무나카타 소타

재앙을 일으키는 '문'을 닫으려고
각지를 여행하는 '토지시' 청년.
문을 찾아 스즈메가 사는 바닷가 마을을 찾는다.
평소에는 도쿄에서 사는 대학생으로
교사가 되려고 공부 중.

토지시의 열쇠

일본 각지에 존재하는 '뒷문'을 닫는 열쇠

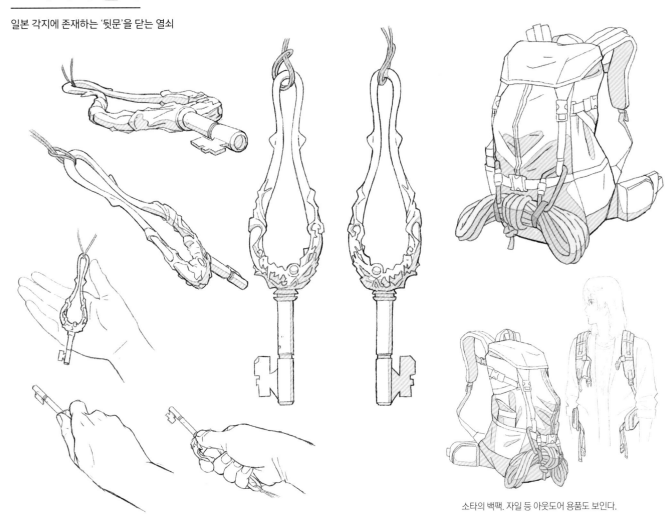

소타의 백팩. 자일 등 아웃도어 용품도 보인다.

스즈메의 의자

츠바메가 스즈메에게 만들어준 의자.
분실한 사이에 다리가 하나 빠져
세 개밖에 없다.
이후 다이진에 의해
소타는 이 의자로 변하고 만다.

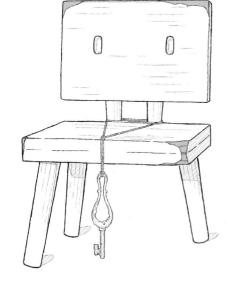

다이진

지금은 이미 폐허가 된 낡은 온천 마을에서
스즈메가 만나는 불가사의한 하얀 고양이.
인간의 말을 하고 문이 열리는 곳에 나타난다.
'다이진'이라는 이름은 길거리에서 만난 사람들이
자연스럽게 붙여준 것이다.

요석

미미즈의 머리와 꼬리를 누르기
위해 일본에 두 개 존재한다는
요석 중 서쪽을 담당하고 있는
것. 스즈메가 뽑아 버리는 바람
에 다이진의 모습으로 변해 도
망친다.

사다이진

일본에 존재하는 두 요석 중 하나.
다이진보다 몸이 큰 검은 고양이로
왼쪽 눈 주위에 동그랗게 하얀 털이 나 있다.
거대한 짐승의 모습으로 변신해
미미즈를 상대로 결투를 벌인다.

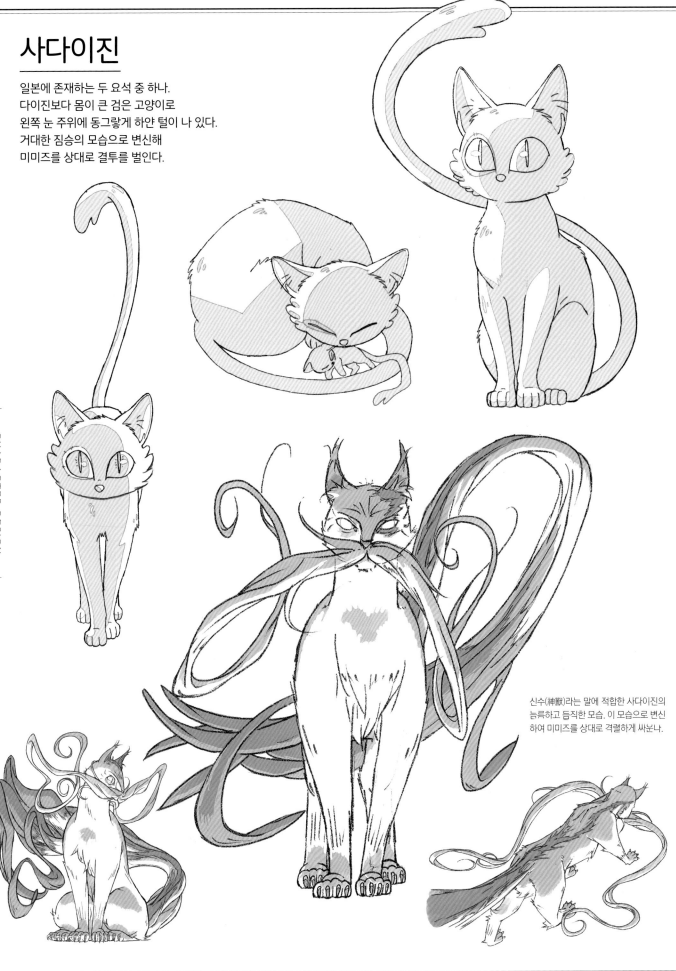

신수(神獸)라는 말에 적합한 사다이진의
늠름하고 듬직한 모습. 이 모습으로 변신
하여 미미즈를 상대로 격렬하게 싸운다.

이와토 타마키

바닷가 마을의 어협에서 일하는 스즈메의 이모.
지진으로 엄마를 잃은 스즈메를 데려온 뒤
그녀의 보호자가 된다.
스즈메의 성장을 따뜻하게 지켜보지만,
걱정하는 나머지 과잉보호하는 면도 있다.

세리자와 토모야

소타의 친구. 경거망동에 너무 가벼워 보이는 청년이나
소타와 마찬가지로 교사를 목표로 하고 있다.
화려한 외모와는 달리 주위를 돌보는 의외의 일면도 있다.

무나카타 히츠지로

소타의 할아버지로 '토지시' 스승이기도 한 인물.
현재는 소타의 아파트에서 그리 멀지 않은 병원에 입원 중이다.
단호한 말투와 잃어버린 한쪽 팔이
히츠지로가 걸어온 과거를 상상케 한다.

CHARACTER DESIGN

이와토 츠바메와 이와토 스즈메(유년기)

스즈메의 어머니이자 타마키의 언니.
요리를 잘할 뿐만 아니라 딸의 생일 선물로 의자를 만들어줄 정도로 손재주가 좋다.
생전에는 병원에서 근무했지만 지진으로 사망한다.

아마베 치카

에히메를 방문한 스즈메가 만나는 동갑내기 여고생.
인심 좋고 밝은 성격으로 바로 스즈메와 친해진다.
부모님은 민박 '아마베'를 운영하고 있으며
동생과 함께 가업을 돕는다.

아마베 일가
왼쪽은 종업원 차림으로
부모님을 돕는 치카

니노미야 루미

고베의 스낵 '하바'의 마담.
에히메에서 이동 수단이 없어
곤란해진 스즈메에게 도움의 손길을 내민다.
다정하고 대범한 성격으로
여자 혼자 쌍둥이를 키우고 있다.

쌍둥이 누나 하나(왼쪽)와 동생 소라.
아이들을 돌보게 된 스즈메를 완전히
지치게 할 만큼 씩씩하게 논다.

미키

루미가 경영하는 스낵에서 일하는
아르바이트 여성.
빠른 눈치로 스즈메를 놀라게 한다.

현지 어협에 근무하는 타마키의 동료. 단단한 체격에 소박한 인상의 청년.
타마키를 좋아한다는 것을 모두가 아는데
정작 타마키 본인이 상대해주지 않는 상황이다.

오카베 미노루

스즈메와 같은 고등학교에 다니는 반 친구로
점심시간에는 함께 도시락을 먹는 사이.
머리가 길고 또렷한 이목구비

마미

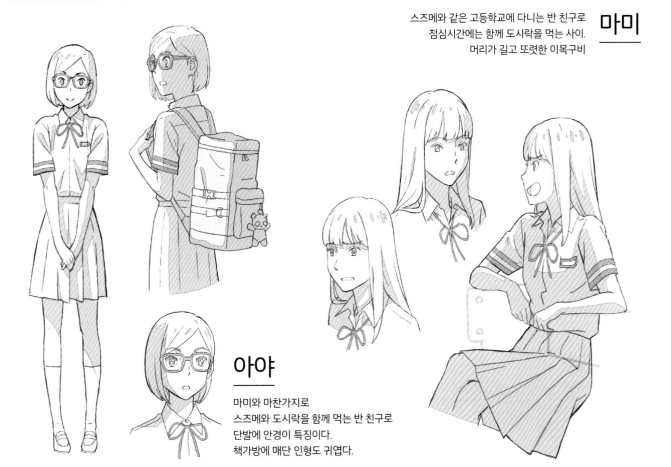

아야

마미와 마찬가지로
스즈메와 도시락을 함께 먹는 반 친구로
단발에 안경이 특징이다.
책가방에 매단 인형도 귀엽다.

편의점 점원

소타가 사는 아파트의 주인과 주인이 경영하는
아파트 1층 편의점에서 일하는 외국인 여성.
잘생긴 소타를 좋아한다.

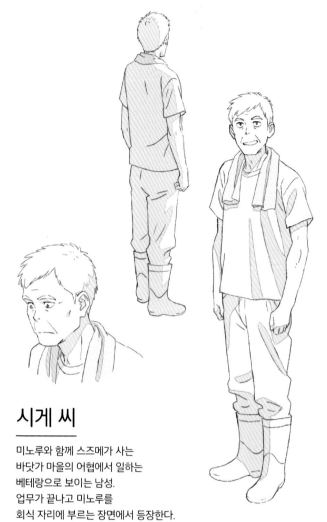

시게 씨

미노루와 함께 스즈메가 사는
바닷가 마을의 어협에서 일하는
베테랑으로 보이는 남성.
업무가 끝나고 미노루를
회식 자리에 부르는 장면에서 등장한다.

이동 수단

신카이 감독의 작품에는 늘 나오는 카브가 이번에도 등장. 전작 〈날씨의 아이〉에서 사용한 모델을 그대로 가져와 색깔만 바꿔 사용했다.

스즈메가 통학에 사용하는 자전거. 작화 사이즈에 따라
생략의 정도를 알 수 있도록 3가지 패턴을 준비했다. 위
는 자전거 열쇠 설정.

세리자와의 빨간 오픈카. 겉보기에는 세련되었으나 중고로 싸게 사들여서 그런지 전동 루프가 고장 났다.

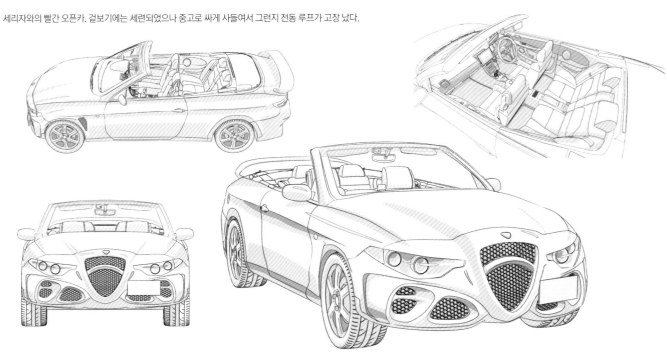

도호쿠로 향하는 길 덩굴에 칭칭 감긴 상태로
타마키가 발견한 방치된 자전거. 바람과 비에
그대로 노출되어 녹슬어 있다.

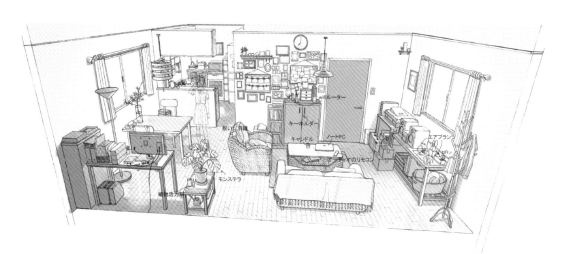

스즈메의 집

타마키와 둘이 사는 스즈메의
집. 주변에는 전원 풍경이 펼쳐
져 있다. 중간 그림 2장은 스즈
메의 방 미술 설정

❶ 스즈메 방밖 화분 ❷ 이런 평범한 계열 ❸ 이런 폼 낸 화분도 ❹ 시든 나팔꽃(휴면 중?) ❺ 바위수국 ❻ 삼색메꽃

스즈메의 마을

스즈메가 사는 규슈 미야자키의 바닷가 마을. 주위는 산으로 둘러싸여 있어 녹음이 풍부하다. 만으로 튀어나온 항구에는 에히메행 페리가 오간다.

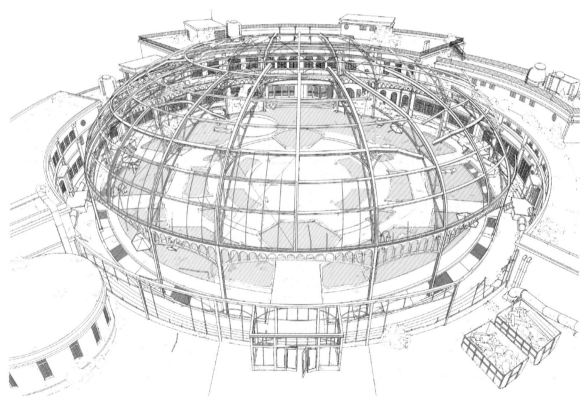

버려진 호텔

지금은 폐허가 된 온천 마을의 호텔. 커다란 원형 돔 중앙에 출현한 '뒷문'과의 만남이 스즈메의 운명을 바꾼다.

페리 선착장

에히메행 페리가 발착하는 항구의 페리 선착장. 현지 어부들이 이용하는 배도 나란히 있다.

어업협동조합

타마키가 근무하는 어협의 사무실. 서류가 잔뜩 쌓여 있는 정신없는 분위기. 벽에는 풍어기와 주변 지도도 보인다.

귤밭

다이진의 행방을 찾는 스즈
메가 치카와 만나게 되는 호
숫가 언덕길. 미미즈가 출현
하는 폐허는 다리 너머 산속
에 있다.

❶ 폐교
❷ 이시즈키산

버려진 중학교

토사 붕괴로 마을과 함께 통째로 버려진 중학교. 폐교되기 전에는 치카의 모교였다. 위
는 폐쇄되기 전의 조감도, 아래는 폐쇄된 후.

민박 아마베

치카의 후의로 그녀의 가족이 운영하는 민박에 묵게 된 스즈메. 오른쪽은 스즈메가 묵는 '도라지' 방. 아래는 민박의 부엌

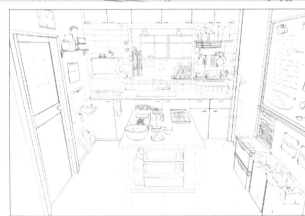

도로가

고베로 향하던 스즈메와 소타가 히치하이크에 도전한 도로. 왼쪽은 비가 내리자 비를 피했던 버스정류장.

폐원된 유원지

고베의 산 정상에 있는 유원지. 이
전에는 많은 손님으로 북적였는데
폐원된 지금은 쓸쓸한 풍경이 펼
쳐져 있다.

❶ 神戸

❶ 고베

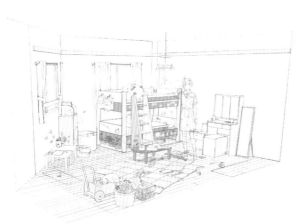

스낵 하바

고베의 상가에 있는 루미의 스낵.
2층은 자택으로 사용되고 있는데
이곳의 아이 방에는 장난감과 그
림책이 가득하다.

소타의 아파트

도쿄 주택가에 있는 소타의 아파트. 스즈메는 빌딩 1층에 있는 편의점에 들러 주인에게 열쇠를 받는다.

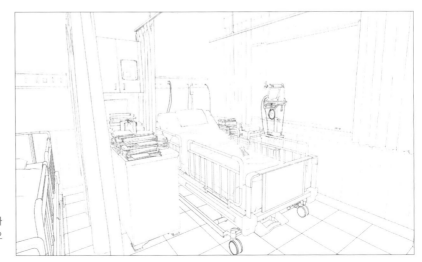

히츠지로가 입원한 대학병원

스즈메가 찾아간 소타의 할아버지 히츠지로가
입원한 병원. 침대 주변에는 히츠지로의 것으
로 보이는 책들이 쌓여 있다.

스즈메의 본가. 마당에서 엄마와 함께 보낸 시간은 스즈메에게 너무나 소중한 추억이다.

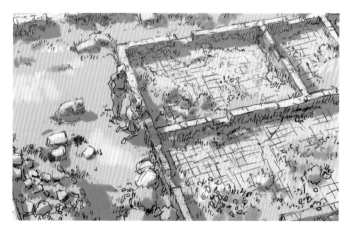

스즈메의 본가

대지진이 일어난 후 초석만 남은 스즈케의 본가. 예전 기억을 더듬어 스즈메는 '저세상'으로 통하는 문을 찾는다.

미야자키

폐허가 된 온천 마을이 근처에 있는
바닷가 마을. 스즈메와 소타가 처음
만나는 언덕길 장면에서는 아직 여름
분위기를 남긴 하늘이 인상적이다.

스즈메가 이모 타마키와 사는 집. 스즈메의
방은 2층이고 1층에는 부엌과 거실이 있다.

에히메

스즈메와 소타가 다이진을 쫓아 페리
에서 내린 곳은 시코쿠의 에히메. 치
카가 다녔던 학교는 지금은 폐허로.
학생을 맞이하던 현관이 뒷문이 되어
버렸다.

고베

스즈메 일행은 아카시 해협 대교를 건너 고베로. 루미가 마담으로 일하는 스낵 등 생활이 느껴지는 묘사도 흥미롭다. 폐허가 된 유원지는 불이 켜져도 적적한 야경 느낌이 든다.

도쿄 지하에 조용히 서 있는 뒷문. 성문처럼 보인다. 주위는 인공적으로 만들어진 듯한 풍경이 펼쳐져 있어 뭔가 미스터리어스하다.

도쿄

루미와 헤어진 스즈메는 신칸센을 타고 상경. 고층빌딩들과 인파로 북적이는 역과 도심지를 빠져나온 곳에 소타가 사는 아파트가 있다. 주변의 섬세한 일상 묘사도 인상적.

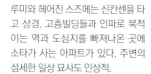

오차노미즈역 근처에 있는 소타의 아파트. 책으로 메워진 방에 젊은이다운 옷과 소품들이 보인다. 대학생이기도 한 소타의 평소 생활을 볼 수 있다.

도호쿠

다시 한 번 뒷문을 통과하려고 도호쿠로 향하는 스즈메 일행. 차에서 내린 스즈메를 쫓아온 세리자와는 도로의 풍경에 "이 근처, 이렇게 아름다운 곳이었구나"라고 말한다.

스즈메의 본가가 있던 주위 풍경. 하늘 표정이 왠지 가을을 연상시킨다. 가득 펼쳐진 공터 저편에는 지진 후에 만들어진 방조제가 보인다.

저세상

현세의 이치가 통하지 않는, 모든 시간이
동시에 존재한다는 저세상. 그 기묘하면서
도 경이로운 풍경도 이 작품의 볼거리다.

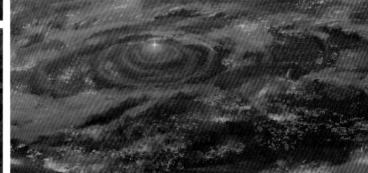

STAFF
INTERVIEW
스태프 인터뷰

신카이 마코토 新海誠

[원작·각본·감독]

토지시 청년 소타와 함께 재앙의 근원이 되는 '문'을 닫고 다니는 소녀 스즈메. 온 세계가 손꼽아 기다리던 신카이 감독의 최신작은 전례 없는 스케일로 이야기가 전개된다. 감독은 이 작품을 통해 도대체 무엇을 이야기하고 어떤 풍경을 그리려 했는가? 관계자 시사회를 마치고 나온 감독에게 "이전에는 없었던 물량이었다"라는 무대 이면 이야기를 들었다.

신카이 마코토
1973년생, 나가노현 출신. 2002년, 개인 제작한 단편 작품 〈별의 목소리〉로 큰 주목을 받았다. 2004년 첫 장편영화 〈구름의 저편, 약속의 장소〉를 발표. 이후 〈초속 5센티미터〉(2007), 〈별을 쫓는 아이〉(2011) 〈언어의 정원〉(2013)을 발표. 2016년 개봉한 〈너의 이름은.〉이 기록적인 흥행 성적을 올리며 제40회 일본아카데미상에서 애니메이션으로는 최초로 우수 감독상과 최우수 각본상을 받았다. 2019년 개봉한 〈날씨의 아이〉는 제92회 미국아카데미상 국제장편영화 부분 일본 대표로 뽑혔으며 국내외에서 여러 상을 받았다.

―시사가 막 끝났는데 〈스즈메의 문단속〉은 이전 감독 작품보다 이야기의 스케일이 크고 또 주제가 무거웠습니다. 왜 지금 이렇게 '큰 영화'를 찍으려 했나요?

저도 오늘 시사는 수정, 체크 같은 건 일절 생각하지 않고, 오롯이 이야기를 바라보겠다는 마음으로 영화를 봤습니다. '나는 대체 무엇을 만들고 있나?'라는 마음이 아직 정리되지 않은 상태에서 엄청난 영상에 빠져들었죠. 약간 신기한 기분이었다 해야 할 것 같습니다. 저는 본디 이런 큰 이야기를 만드는 사람이 아닙니다. 〈별의 목소리〉나 〈초속5센티미터〉 같은 작품에서 그린 건, 일테면 엘리베이터에 탄 순간의 느낌이나 편의점에 막 들어갔을 때의 기분, 혹은 진짜 문이 열릴 때 떠올리는 생각 같은 것들이었습니다. 일상의 한 순간, 문득 출렁이는 심상을 찍어내면 그것도 나름 엔터테인먼트 작품이 될 수 있을 거란 생각으로 만든 작품들이었어요. 그러나 이번 작품은 그 작품들과 완전히 다릅니다.

―〈스즈메의 문단속〉은 훨씬 큰 이야기를 그리려 했군요.

"왜 이렇게 큰 영화를 만들었나?"라는 질문에 답을 하자면, 전에 만든 〈너의 이름은.〉, 〈날씨의 아이〉라는 영화가 대규모 개봉을 거치면서 많은 관객들의 이야기를 듣는 경험을 할 수 있었다는 점, 그것이 저는 〈스즈메의 문단속〉으로 데려다 준 것 같습니다. 두 작품을 만들지 않았다면 일본 전체를 무대로 한 영화, 일본인 전체와 관련된 큰 이야기는 해볼 생각도 하지 않았을 테고, 제가 해낼 수 있으리란 생

각도 없었을 겁니다. 결과적으로는 자연스럽게 '이런 이야기를 만들어야 하지 않을까?' '지금 만들어야 한다'라고 마음이 이끌렸습니다.

―〈너의 이름은.〉이나 〈날씨의 아이〉에서도 자연재해를 소재로 다뤘어요. 그런데 이번 〈스즈메의 문단속〉은 전작과 달리 동일본대지진을 직접 다루고 있죠. 감독의 내면에서 무엇이 '지금이어야 한다'라는 생각을 가지게 했나요?

글쎄요……. '지금 만들고 싶다'라는 마음은 쭉 있었을지 모릅니다. 그렇게 생각한 이유 중 하나는 제 딸이 점점 크고 있다는 겁니다. 딸아이는 대지진 때 0살이었어요. 갓 태어난 아이를 품에 안고 낯선 지진 경보에 겁을 먹은 채 '앞으로 어떻게 되는 거지?'라고 고뇌하던 기억이 또렷합니다. 그런데 12살이 된 딸에게는 그때의 기억이 전혀 없어요. 그리고 극장에서 주위를 둘러봐도, 내 영화를 보러 와주는 관객 과반수가 딸아이와 마찬가지로 10대 혹은 20대 정도예요. 대지진의 기억이 거의 없는 세대죠. 이대로 가면 그때 우리가 받은 충격과 사회 전체가 받은 충격도 자연스럽게 흐려지겠구나 하고 생각했습니다.

―공통의 경험이 풍화되기 전에 남겨두고 싶은 마음이었나요?

공유할 수 없어지는 공포 같은 게 있었을지 모릅니다. 저는 다큐멘터리 작가도 아니고 언론인도 아니고 작가도 아닙니다. 대지진을 이야기해 나갈 수 있는 사람이 아닙니다. 사실 초기 기획 단계에는 동일본대지진이 모티프가 아니었어요. 그저 '장소를 추모하는 이야 ▶

▶기'라는 착상으로 시작했죠. 예전에는 북적였으나 지금은 사람이 찾지 않는 토지를 위령하는 이야기요. 인구도 경제도 축소되는 이 나라를 무대로 모험 활극을 그린다면 일본 각지의 폐허를 도는 로드무비 형태가 적당하겠다는 생각이 들더군요. 그렇다면 그 목적지는 어디로 해야 하나 생각하니 역시 도호쿠 외에는 없다는 결론에 이르렀습니다. 그때야 비로소 제가 계속 같은 생각을 해왔음을 깨달았습니다. 그때부터 스즈메를 지진 피해자로 다시 설정하고 기획서를 썼습니다. 동일본대지진을 직접 다뤄보자고 마음먹은 것도 그 순간입니다.

—실제로 일어난 재해를 엔터테인먼트 안에서 표현하는 데는 각오가 필요했을 것 같은데요?

어떻게 이야기하더라도 폭력성은 피할 수 없다고 생각했습니다. 하지만 지진뿐만 아니라 사회적인 큰 사건은 많은 이야기를 만들어냈고 그렇다면 나도 내가 할 수 있는 최대한의 표현력으로 해보자는 마음이 들었어요. 어떤 이의 마음에도 상처를 주지 않으려 하면 어떤 이의 마음도 움직일 수 없다고 생각합니다. 그리고 일단 할 거면 전력으로 재미있는 엔터테인먼트 영화로 만들 필요가 있죠. 영화가 정말 재미있

으면 관객은 스즈메에게 감정 이입할 겁니다. 스즈메의 생각과 인생에 공감해줄지 모르죠. 그게 엔터테인먼트만이 할 수 있는 지진 재해에 대한, 우리만의 거짓 없는 대면 방식이라고, 정답일지 모른다고 생각했습니다.

—'재미있는 엔터테인먼트'라는 목표를 위해 소타라는 토지시, 다이진이라는 캐릭터가 태어난 건가요?

맞습니다. 지진 재해를 다루는 것이므로 오히려 웃기도 하고 울기도 하고 가슴이 두근거리는 엔터테인먼트여야 했습니다. 그리고 또 하나 〈스즈메의 문단속〉의 아이디어 자체는 2020년 초부터 생각하기 시작한 건데 그 시기는 마침 일본에 코로나 전파가 시작될 때와 겹쳤습니다. 기획서를 낸 시기는 마침 도쿄에 첫 긴급사태 선언이 나온 때였죠. 새롭게 거대한 자연재해가 일어났으니 지진 재해는 더 기억에서 멀어지겠구나, 하고 생각한 기억이 나네요. 그리고 그때 느낀 폐쇄감이 '소타가 의자라는 좁고 자유롭지 못한 장소에 갇힌다'라는 전개와 연결된 것 같습니다.

—영화의 '크기'라고 하면 〈스즈메의 문단속〉은 물리적으로도, 신카이 감독이 지금까지 내놓은 작품 가운데서도 가장 상영 시간이 긴(122분) 작품입니다. ▶

극장 애니메이션 기획원안
「스즈메의 문단속」(가제)
2020/04/12 신카이 마코토

이 나라를 무대로 모험 활극을 그린다면 일본 각지의 폐허를 도는 로드무비 형태가 적당하겠다는 생각이 들더군요.

❶ 뭐지, 이건……!? ❷ 소타 ❸ 다이진 ❹ 입은 평소 털에 가려져 있다.
❺ 수염이 위쪽으로 나서 은근 대감, 대신 같다. 너무 캐릭터성을 인위적으로 만들었나…? 신카이 ❻ 빼빼 ❼ 퉁퉁

❽ 의자(소타)에 대해 스즈메의 어머니가 직접 만든, 유품. 지진이 일어났을 때 다리 하나가 빠져 버렸다. 소타가 안으로 들어감(?)으로써 말도 하고 자유롭게 뛰어다니는 의자가 된다. 표정 변화에 의지하지 않고 움직임이나 포즈로 무기질적인 의자가 귀엽게 보이도록 표현하고 싶다.

❾ 마을 사람들은 하늘의 이변을 알아보지 못한다.

❿ 미미즈는 지면에서 빛의 실을 끌어당기며 상승해 간다.

⓫ 하늘을 뒤덮듯 갈라져 간다.

⓬ 미미즈에 대해 캐릭터로서의 '생물감'과, 지진 현상이라는 면에서의 '에너지감'의 밸런스를 찾아보고 싶다. 기하학적, 기류적, 토착적, 신비적, 압도적…… CG로 추구해야 할 요소일까.

⓭ 미미즈는 어떻게 표현할까?
· 체모, 가시? 털?
· 마그마·죠몬(땅·신) 느낌.
· 에너지 감

⓮ 도쿄 상공에서, 스즈메는 의자를 미미즈에게 찌른다.

⓯ 저세상에서 다이진은 본래 모습으로.

⓰ 저세상에서 본 풍경은 영원히 스즈메의 가슴에 새겨진다.

코로나 감염 여파 속에서 쓴 기획서. 저세상과 미미즈의 이미지도 이미 그려져 있음을 알 수 있다.

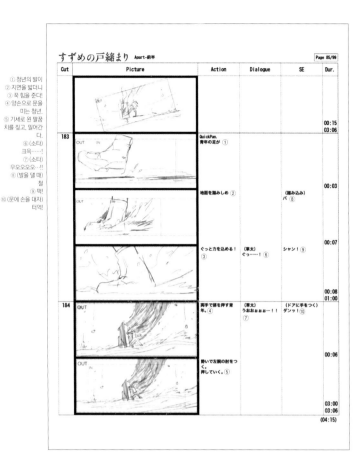

다 소타의 의자는 CG이니까요. 그리고 미미즈도 CG였어요. 항상 화면 어딘가에 CG가 있고 그것이 액션을 벌이며 작화 캐릭터와 복잡하게 얽히죠. 같은 작업을 하는 작품은 우리 말고도 많은데 우리로서는 첫 도전이었습니다.

—⟨아인⟩과 ⟨BLAME!⟩을 담당한 세시타 히로유키 씨가 이번 CG 캐릭터 연출로 참가했죠.

세시타 씨의 팀과 본격적으로 함께 작업한 것은 제작 중반쯤이었습니다. 미미즈는 처음부터 CG로 할 생각이었는데 의자는 작화로 할지 CG로 할지 정하지 못했습니다. 내심 'CG여야 하지 않을까?' 생각하면서도 그쪽 노하우가 없어서 작화 팀에 의자의 움직임을 몇 패턴 시험 삼아 그려보게 했습니다. 그랬더니 동물처럼 생생하고 나긋나긋하게 움직이는 의자 애니메이션이 되더라고요. 애니메이션 표현으로는 훌륭했으나 너무 부드러운 인상이 들어서.

—늘어나거나 줄어드는 등 자유롭게 변형되는 데포르메(déformer) 표현이 되어 버리는군요.

늘거나 주는 것 자체는 의도적으로 약동감을 내는 방법인데 동시에 아무래도 형태가 일그러집니다. 물론 그런 왜곡까지 포함한 약동감이 바로 손으로 그리는 애니메이션의 매력이지만, 조그만 의자가 된다는 것은, 소타가 딱딱하고 좁고 옹색한 곳에 억지로 봉인된다는 의미잖아요. 따라서 부조리하게 갇힌 느낌이 필요했습니다. 의자가 됨으로써 약동감이 더 생기는 게 아니라 오히려 부자연스러움을 표현하고 싶었습니다. 나무 의자의 딱딱한 형태를 일그러뜨리지 않고 유지해야 한다. 그러려면 역시 CG이지 않을까 생각했죠.

—마음대로 움직이지 못한다는 것 자체가 중요했다는 말이군요.

의자의 구조 자체는 아주 간단한데 그 속에 적절한 리그(골조)를 넣어 셀 화면과 맞춘 듯한 라이팅을 쏜 영상을 만들어야 했어요. 그런 일을 할 수 있는 스튜디오를 찾아야 했죠. 그래서 이그제큐티브 프로듀서인 후루사와 요시히로 씨에게 세시타 씨를 소개받았습니다. 후루사와 씨는 이전에 세시타 씨와 애니메이션 ⟨GODZILLA⟩(⟨괴수 혹성⟩ ⟨결전 기동 증식 도시⟩ ⟨별을 먹는 자⟩로 이루어진 3부작) 시리즈에서 함께 작업했고 저도 세시타 씨와는 아는 사이였습니다.

—그런 경위가 있었군요.

그래서 의논했더니 세시타 씨 회사(UNEND) 팀에서 바로 말하고 움직이는 의자 애니메이션을 만들어 주었어요. 그게 정말 이상적인 소타였죠.

—그랬어요?!

세시타 씨는 픽사의 ⟨룩소 주니어⟩를 얘기했어요. 픽사 영화 초반에 나오는 전기스탠드 캐릭터지요. 원래는 픽사 초창 ▶

▶ 처음에는 110분대를 목표로 했습니다. 개인적으로도 ⟨너의 이름은。⟩ 정도로 타이트한(107분) 영화가 보기 편하고 관객도 부담 없다고 생각해서요. 이번에도 그럴 생각으로 각본을 쓰면서 '이 글자 수면 2시간을 넘겠어'라는 마음에 일일이 글자 수를 세면서 내용을 잘랐습니다. 그런데 각본을 비디오 콘티로 만드는 단계에서 아무래도 무리임을 알았습니다. 억지로 줄여서 간신히 2시간 안으로 정리했더니 영화가 너무 정신없어지더라고요.

—실제로 영화에서 다뤄지는 요소가 정말 많죠?

이번에는 로드무비라 장소도 이리저리 이동하고 그곳에서 만나는 사람도 많습니다. 작업할 물량도 장면 전개도 정말 많은 영화입니다. 이 전개를 자연스럽게 이야기하려면 아무래도 이 정도의 길이가 되고 말죠. 그래서 이번에는 두 시간을 넘기는 영화여야 함을 받아들였죠(웃음). 한 번쯤 해봐도 괜찮지 않을까 싶기도 했고요. 다만 방금 얘기한 것처럼 다루는 재료가 많기 때문에 두 시간짜리 영화라도 제 기분으로는 ⟨너의 이름은。⟩이나 ⟨날씨의 아이⟩보다 물량이나 노력에서 모두 두 배 이상 들어간 영화 같습니다. 게다가 제작 기간은 그다지 차이가 나지 않아서 현장 스태프들의 일정은 정말 타이트했습니다.

—그중에서도 제일 힘들었던 분야는 무엇이었나요?

CG와 작화 캐릭터가 서로 얽히는 장면이 많았죠. 무엇보

이번에는 두 시간을 넘기는 영화여야 함을 받아들였죠(웃음). 한 번쯤 해봐도 괜찮지 않을까 싶기도 했고요.

① 스즈메의 눈 앞에서,
② 청년은 점차 문에 밀려간다. 오른팔로는 밀어내지 못해 등으로 누르는 자세가 된다.
③ 등을 필사적으로 밀어붙이는 청년, 왼팔에 스며든 피가 점점 넓게 퍼져 간다. 문은 서서히 열리고
④ 괴로워하는 청년의 모습에 숨을 삼키는 스즈메,
⑤ 이젠 버티는 것만도 버겁다.
⑥ (소타) 우우……!!
⑧ (스즈메) (숨을 들이키며) ……큭!
⑨ (소타) 크으으……!!

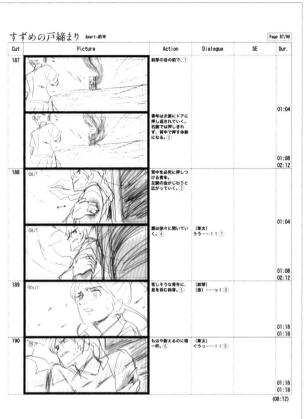

Cut	Picture	Action	Dialogue	SE	Dur.
187		鈴芽の目の前で、①			01:04
		青年は次第にドアに押し返されていく。右腕では押しきれず、背中で押す体勢になる。②			01:08 / 02:12
188		背中を必死に押しつける青年、左腕の血がじわりと広がっていく。③			01:04
		扉は徐々に開いていく。④	(草太) ううっ……!!⑦		01:08 / 02:12
189		苦しそうな青年に、息を呑む鈴芽。⑤	(鈴芽)(息)……っ!⑧		01:18 / 01:18
190		もはや耐えるのに精一杯。⑥	(草太) ぐうっ……!!⑨		01:18 / 01:18
					(08:12)

① 운신의 힘을 담고 있기 때문이지만
② 부상 때문에 왼팔에 힘이 들어가지 않는다. 미미즈의 기세에 밀린다.
③ 더 이상 왼팔은 쓰지 못하고,
④ 몸을 돌려 오른쪽 몸으로 민다.
⑤ 하지만 문은 움직이지 않는다.
⑥ 그 모습에 눈물 크게 뜨는 스즈메, 무의식적으로 리본을 꽉 쥔다. 스마트폰 지진경보는 계속 울리고 있다.
⑦ (소타) 우!
⑧ 제
⑨ 길!
⑩ (숨) 흡!!
⑪ (스즈메) !!

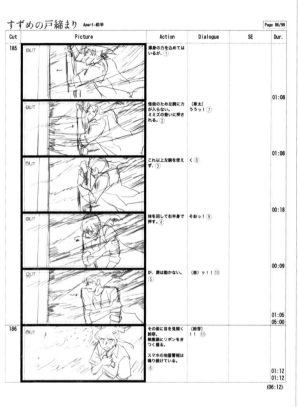

Cut	Picture	Action	Dialogue	SE	Dur.
185		渾身の力をこめてはいるが、①			01:08
		怪我のため左腕に力が入らない。ミミズの勢いに押される。②	(草太) ううっ!⑦		01:08
		これ以上左腕を使えず、③	く⑧		00:18
		体を回して右半身で押す。④	そおっ!⑨		00:09
		が、扉は動かない。⑤	(息)ッ!!⑩		01:05 / 05:00
186		その姿に目を見開く鈴芽。無意識にリボンをきつく握る。スマホの地震警報は鳴り続けている。⑥	(鈴芽)!!⑪		01:12 / 01:12
					(06:12)

① 여기까지 걸음 수, 비디오 콘티로 분위기를 확인해 주세요.
② 스즈메, 양손을 뻗어,
③ 문을 민다!
④ 첨벙
⑤ 첨벙 첨벙
⑥ (문에 손을 대며) 타앙!

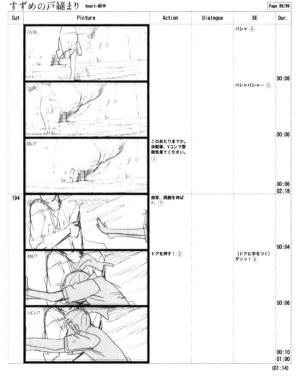

Cut	Picture	Action	Dialogue	SE	Dur.
				バシャ④	00:06
				バシャバシャ⑤	00:06
		このあたりまでか。歩数等、Vコンで調整見てください。①			00:06 / 02:18
194		鈴芽、両腕を伸ば			00:04
		ドアを押す!③		(ドアに手をつく)ダンッ!⑥	00:06
					00:10 / 01:00
					(01:14)

① 가슴의 리본을
② 꼭 쥔다. 이 순간 결심!
③ 뜻을 굳힌 얼굴로,
④ 뛰쳐나간다!
⑤ 청년을 향해
⑥ 달려간다.
⑦ (스즈메)
⑧ (숨) 흡!
⑨ (달려든다) 철벅!

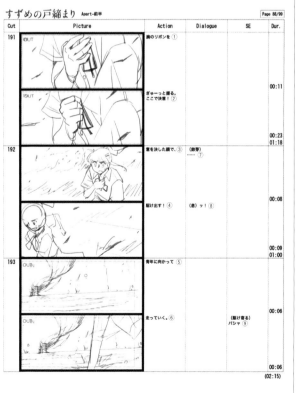

Cut	Picture	Action	Dialogue	SE	Dur.
191		胸のリボンを①			00:11
		ぎゅーっと握る。ここで決意!②			00:23 / 01:18
192		意を決した顔で、③	(鈴芽)……っ⑦		00:08
		駆け出す!④	(息)ッ!⑧		00:09 / 01:00
193		青年に向かって⑤			
		走っていく。⑥	(駆け寄る)バシャ⑨		00:06
					(02:15)

영화 제목이 나오기 직전, 폐허가 된 온천 마을의 뒷문에서 나오려 하는 미미즈를 상대로 분투하는 스즈메와 소타를 그린 장면의 그림 콘티. 신카이 감독은 그림 콘티를 연결해 영상의 형태로 하는 '비디오 콘티'로 작품의 기초가 되는 스토리 라인을 작성한다. 비디오 콘티에는 임시지만 음악도 들어가고 대사도 감독이 직접 녹음하기 때문에 이 단계에서 이미 세세하게 캐릭터의 연기나 효과음, 대사가 들어갈 타이밍 등이 명확하게 그려진다. 다이내믹한 액션 장면이 많이 들어간 것도 이번 작품의 특징이다.

▶기 단편 영화인데 "감독님이 하시고 싶은 게 이거죠?"라고 하더군요. 바로 그걸 원했던 터라 그 뒤로는 세시타 씨의 지시에 따라 자주 대화하면서 이상적인 의자를 만들었습니다.

—CG라고 하면 아까도 조금 언급했지만 미미즈도 CG였죠. 그 비주얼은 어떻게 만들어졌나요?

콘티 단계에서부터 소용돌이였다가 나무 기둥 같은 모양이 되기도 하는 등 어느 정도는 그림으로 완성되어 있었습니다. 그것을 바탕으로 미키 요코 조감독과 CG 팀, 나중에는 저까지 포함한 연출진이 각각 몇 장씩 스케치했죠. 그것을 UNEND에 보여주고 테스트 버전을 만들게 했습니다. 그런 과정의 반복이었습니다. 그렇다고 해도 손 그림을 CG로 재현하는 것은 특별한 의미가 없으므로 '프로시저(Procedure)'라고도 하는데 계산이나 시뮬레이션을 조합해 표현하게 했습니다. 흐르는 몸체와 연기를 시뮬레이션으로 생성하고 그것들을 의도한 디자인에 근접하도록 조합해 최종적인 형태로 만들었습니다.

—그렇군요! 그 독특한 움직임은 그렇게 만들어졌군요.

그래서 세밀한 컨트롤이 어려웠습니다. 작화나 하나하나 모션을 붙이는 CG라면 상정한 궤도대로 그릴 수 있는데 미미즈의 움직임은 물리 연산 같은 것이라 여기에 연출 의도를 따르거나 세밀한 연기를 덧붙여야 해서 정말 어려웠습니다. 뿜어진 미미즈 줄기가 마침 스즈메의 눈가를 스치는……장면 같은 게 아주 힘들었습니다. 그래서 그것은 나중에 촬영 처리로 정리하기도 했습니다.

—이 밖에도 이전 작품과 마찬가지로 3D 레이아웃을 구사했다고 하던데 CG를 사용한 컷 자체가 상당히 많았겠어요.

이제까지의 작품 중 제일 많아서 CG 팀이 정말 고생했습니다. 참여한 스태프 수가 점점 많아졌고 그에 따라 예산도 늘어나자 콘티를 그리는 시점에서 '기술적으로도 어렵고 경비도 너무 많이 드니까 여기서 앵글로 도망칠까?' 같은 생각이 없지 않았습니다(웃음). 콘티를 본 시점에서 얼마나 힘들지 알았을 텐데도 우수한 스태프들이 알아서 처리해 줬습니다.

—하하하.

예를 들면 오차노미즈역 앞에서의 장면입니다. 소타와 다이진이 종횡무진 추격전을 벌이며 차 밑을 통과하거나 점프해 다리 위로 옮겨 다니죠. 그 과정을 카메라가 입체적으로 움직이며 쫓아갑니다. 그 장면은 공간 전체를 3DCG로 만들었는데 당연히 많은 경비와 노력이 들었습니다. 노력과 수고가 든다는 점을 알면서도 콘티를 그렸기 때문에 더는 도망칠 수 없었죠(웃음).

—'실현되기 어렵다'라는 이야기를 듣고 콘티를 바꾼 건 없었나요?

없었습니다. 세시타 씨부터 CG 감독인 타케우치 요시타카 씨 등 정말 많은 분이 제작에 협력해주었는데 기본적으로 "여기는 조금만 생략하죠"라고 말하는 사람들이 아닙니다.

—정말 훌륭한 팀이네요. 출연진에 관해서도 잠시 묻고 싶은데 제일 먼저 스즈메 역의 하라 나노카 씨 얘기를 해보죠. 하라 씨로 정한 결정적 이유는?

아무래도 목소리 자체가 지닌 매력이죠. "거기 있어요? 잘 생긴 분!" 같은 말을 하거나 소타에게 살짝 코믹한 행동을 하

잖아요? 스즈메를 연기하는 데는 스즈메 자체가 지닌 천진난만함 같은 게 꼭 필요했습니다. 기술적이지 않은 자연스러운 코믹함이라는 게 정말 어려운데 하라 씨의 목소리에서 그게 느껴졌어요. 게다가 스즈메는 단순히 천진난만하기만 한 게 아니죠. "죽는 게 무섭지 않아?"라는 질문에 "무섭지 않아요"라고 대답하잖아요. 그런 점은 역시 일반적이지 않죠. 뭔가를 짊어진 아이라는 점을 관객에게 알려줘야만 했습니다.

—어딘가 불안정한 면이 있지 않나 싶었어요.

이번에 저는 마음에 상처가 있어도 발랄하게 사는 소녀로 스즈메를 그리고 싶었습니다. 사람은 아무리 큰 상실과 상처를 안고 있더라도 웃을 때가 있고, 밥이 맛있을 때가 있고 어떤 만남에 가슴이 뛰기도 합니다. 그게 바로 사람 마음의 부드러운 부분이죠. 스즈메는 그렇게 아주 평범하게 사는 아이이길 바랐습니다. 극 중에서도 "죽고 사는 건 그냥 운이라고……, 어려서부터 쭉 생각해 왔어요."라는 대사가 나오는데 그런 생사관을 안고 있으면서도 12년간 평범하게 살아왔죠. 그 자체가 어린 스즈메를 구원했다는 이야기를 만들고 싶었습니다.

—그랬군요!

지진 재해로 고아가 된 아이의 이야기지만, 별일 아닌 일에 웃고 이모와 늘 싸우고 뭔가 통하지 않는다고 느끼면서도 ▶

▶ 살아왔습니다. 그것이 어린 자신에게는 구원이었다고. 스즈메는 "너는 아주 잘 자랄 거야"라는 지극히 평범한 이야기를 전하기 위해 여행하는데 그런 의미에서 연기자에게는 아주 평범한 감정 표현을 요구했고 하라 씨는 그것을 아주 멋지게 연기해주었습니다.

—그런 스즈메와 함께 연기하는 소타 역의 마츠무라 호쿠토 씨는 어땠나요?

우선은 하라 나노카 씨와 마찬가지로 코미디 표현력이 필요했죠. 마츠무라 씨는 목소리도 미남이었어요(웃음). 자신만만한 미남이라기보다 뭔가를 찾는 중인 느낌이 있어요. 사람은 무엇에 감동할까? 자신은 어떤 표현이 가능할까? 망설이면서도 찾고 있는 분위기를 가지고 있어요. 그것이 어떤 면에서는 든든하지 못한 구석으로 보이고 다른 면에서는 서비스 정신으로 이어지죠. 그래서 조금 한심한 목소리 연기가 정말 리얼하게 들렸습니다. 아름다운 청년이 의자가 되어버리죠. 그리고 본인은 그런 상황을 한심하게 여기고 분해합니다. 그런 굴절된 구조를 지닌 캐릭터에 마츠무라 씨 본인의 정신성 같은 게 잘 어울리는 듯했습니다.

—하라 씨도, 마츠무라 씨도 화려함과 땅에 발을 붙이고 있는 현실감이라는 양면을 다 가진 캐스팅이었네요.

그렇습니다. 오디션을 시작하는 단계에서는 그런 사람과 만날 수 있을지 알 수 없었죠. 이번에 '이 사람이 있어 줘서 정말 다행이다'라고 생각하게 하는 두 사람과 만난 건 정말 행운이었습니다.

—소타의 친구 세리자와를 연기한 카미키 류노스케 씨도 훌륭했습니다. 처음에는 카미키 씨인지 전혀 몰랐어요.

사실 그 점은 그와 협의한 콘셉트였어요. 처음에는 '세리자와는 카

미키여야겠구나'라는 가벼운 마음으로 요청했는데 거절당했어요. 바쁘기도 했고 (〈너의 이름은。〉의) 타키라는 역할을 소중히 여기고 있어서 "저는 세리자와가 아니지 않나요?"라는 말을 들었습니다. 그 말도 정말 기뻤습니다. 하지만 저로서는 역시 카미키 씨의 목소리가 이 작품에 정말 필요했습니다.

—감독의 희망이었군요.

그래서 타키가 아닌 카미키 씨라고 해야 할까요. 관객들이 카미키 씨라는 것을 모르게 연기하면 영화적으로도 좋겠다는 생각이 들었습니다. 그런 연기를 함께 찾아보자고 제안했더니 "그런 거라면 꼭 하게 해주세요"라는 답이 왔습니다.

—이번에 스즈메는 일본 각지를 여행하며 정말 다양한 형태의 가족을 만납니다. 이런 점도 지금까지의 감독 작품에는 없었던 것 같은데요.

스즈메가 여행하는 과정에서 다양한 나이대의 자신을 만난다는 설정이 좋겠다고 생각했습니다. 미야자키 감독님의 〈마녀 배달부 키키〉의 주인공 키키가 빵 가게 임신부나 화가, 아줌마 등 자신이 앞으로 될 법한 여성들을 만나는 것처럼 스즈메가 다양한 세대의, 어쩌면 장래의 자신과 가까운 사람들과 만남으로써 자신의 삶을 발견해 가는 이야기가 되면 설득력이 있을 듯했죠.

—아, 맞아요! 다양한 세대의 여성들을 그린다는 생각이 있으셨군요.

그리고 그들이 다 일하는 여성들이라는 점입니다. 소타도 토지시라는 일을 하고 있는데 시코쿠에서 만나는 치카가 집이 운영하는 민박 일을 돕고 있고 고베의 루미는 스낵 마담입니다. 소타가 사는 아파트 1층에는 편의점을 경영하는 아줌마와 외국인 아르바이트 여성과 함께 일하죠. 다양한 일을 하는 사람과 만남으로써 인생의 가능성의 단편을 접해보는 것으로 그리고 싶었습니다.

—어떤 의미에서는 사회를 펼쳐놓으셨네요. 얼마 전 이벤트에서 "할아버지, 할머니가 손자와 함께 보러 왔으면 좋겠다. 그런 영화를 만들고 싶었다"라고 말씀하실 게 인상적이었는데 영화를 보여주고 싶은 층도 넓어진 듯했습니다.

저만의 소중한 바람인데 가능하다면 가족이 함께 보는 영화였으면 좋겠습니다. 그런 영화를 만들고 싶다는 생각이 최근 몇 년 강해졌습니다. 하지만 이 일을 시작하면서부터 그런 생각을 했던 건 아닙니다. 처음에는 사춘기에서 30대 정도의 사람을 위한 작품을 만들 생각이었습니다. 하지만 〈너의 이름은。〉과 〈날씨의 아이〉를 통해 정말 다양한 나이의 사람이 제 영화를 보러 와줬습니다. 정말로 손주를 데리고 온 할아버지도 계셨죠. 그렇게 된 이상 극장에서 지루하지 않았으면 했습니다. 보러 오신 이상 최대한 아무도 놓치고 싶지 않았어요. 영화 내용에 공감하든 반감을 갖든 일단 상영 중에는 마음을 움켜쥐는 힘을 지닌 작품을 만들고 싶었습니다. 그런 일이 가능할지는 모르겠으나 그런 강력한 바람을 품고 만든 게 〈스즈메의 문단속〉입니다.

미키 요코 三木陽子

[조감독]

—조감독은 구체적으로 어떤 일을 하는지 알려주세요.

기본적으로는 감독의 어시스턴트입니다. 조감독이라 해도 다양한 역할이 있는데 저는 감독님이 작업하기 전 단계 준비를 하는 게 가장 컸습니다. 그 밖에 캐릭터 의상 제안, 2D용 소재 붙이기도 했다가 요석이나 차 같은 소품 설정 디렉션, 사진 레이아웃 작성, 스페셜 컷

작품은 현실에 없는 장소를 그린 게 많아요. 폐허는 특히 그렇죠. 위험하기도 하고(웃음).

—거기서부터 실제로 제작이 시작되었겠죠. 미키 씨로서는 어떤 작업이 중심이었나요?

단계마다 할 일이 완전히 바뀌었어요. 처음에는 지금 말씀드렸듯 로케이션 헌팅이나 설정 제작이 중심이었죠. 그리고 제작 초기 단계라면 콘티 지문 작성 보조 작업도 합니다. 신카이 감독님은 Storyboard Pro로 비디오 콘티를 그리는데 그 단계에서는 거의 지문이 들어 있지 않아요. 그래서 그것을 그림 콘티로 만들 때는 문자 정보를 다 제가 입력해 감독님의 점검을 받는 과정을 거칩니다.

—문자 정보란 대사와 효과음, 그리고 상황을 설명하는 문장을 추가하는 거죠?

신카이 감독님의 생각을 한 컷씩 확인하면서 써내는 일인데 '아, 여기서 카메라 위치가 바뀌는구나!'처

신카이 감독님의 그림 만들기는 렘브란트와 비슷하다고 생각해요.

점검 등 여기저기 흘러넘친 일들을 잡다하게 담당합니다.

—그렇군요. 처음으로 기획서를 봤을 듯한데 그때의 감상은?

일단은 메시지 부분이요. 전달하려는 메시지는 이전과 같았지만, 관객이 이해하기 쉬운 연출에 중점을 두려는 것으로 여겨졌습니다. 다음은 현대가 무대인 로드무비라는 점이요! 애니메이션에서는 좀처럼 없는 주제라 이거 큰일이다 싶었죠(웃음). 동시에 재밌겠다는 생각도 했지만……

—하하하(웃음). 로드무비라고 하니 하는 말인데 등장하는 장소가 정말 많았죠?

콘티 제작 단계에서 무대가 될 장소 후보를 찾아야 하는데 당시는 코로나가 한창일 때라 일단은 인터넷으로 조사했어요. 하지만 아무래도 직접 가 봐야 할 듯해 일단 제가 2주 정도 코로나를 조심하며 규슈의 다양한 곳을 보고 다녔습니다. 그게 첫 번째 일이었죠.

—결국은 미야자키 근처가 되었는데요.

미야자키로 결정되기까지 다양한 후보지가 거론되었습니다. 콘티 마감에 맞추지 못해 후회가 좀 남아 있어요(웃음). 디민 에히메까지 페리로 하룻밤에 갈 수 있어야 한다는 조건이 있어서 오이타 등 실제 항로가 있는 곳이 후보가 되기도 했는데 감독님이 생각하는 스즈메의 마을과 맞는 곳이 좀처럼 없었어요. 최종적으로는 마을의 지형과 페리가 있는 항구 등의 이미지는 MIX로 결정했습니다. 특히 이번

럼 콘티를 이해하는 데 이 작업이 아주 유용합니다. 그와 함께 실은 조감독이 아닌 일에도 도전했어요. 처음으로 원화를 그리게 해주셔서……

—원화요!

작화 분야를 이해하지 못하는 마음이 줄곧 있었어요. 이제까지 신카이 감독님의 작품에 계속 참여하며 촬영이나 색채 설계 등 다양한 분야를 해왔는데 작화만은 어떤 식으로 원화 스태프가 작업하는지 제대로 이해하지 못하는 부분이 있었습니다. 그래서 알고 싶어서.

—구체적으로는 어떤 부분의 작화를 담당했나요?

시코쿠의 민박 장면입니다. 스즈메가 복도에서 스마트폰으로 대화하는 장면부터 치카가 식사를 가져오고 스즈메가 소타에게 질문하는 장면까지. 열 컷 정도죠. 물론 저 혼자 할 수 없었기 때문에 스승으로 연출 담당인 토쿠노 유가(德野悠我) 씨와 애니메이터 니시무라 타카요(西村貴世) 씨의 도움을 받았습니다.

—실제로 작화를 해보니 전과는 역시 달랐나요?

완전히 날랐어요. 새삼 작화란 연기자 자체라는 사실을 깨달았습니다. 츠치야 켄이치 씨가 작화 감독이라는 점도 있겠으나 사람의 움직임이란 다양한 신체 부위가 연결되어 있더라고요. 선의 기울기 하나로 중심이 이동하거나 깊이가 깊어져요. 그런 복잡한 표현을 하면서 다음 공정에서 이미지가 자연스럽게 전해지게 하는 기술도 필요 ▶

▶합니다. 이는 정말 대단한 장인의 기술임을 바로 이해했습니다. 실제로 연기한 동화를 찍어 움직임을 연구하거나 공부했습니다. 이후로는 제작이 진행됨에 따라 2D의 붙이기 소재나 토지시의 고문서 디렉션을 했고 마지막 '촬영 체크'라는 작업이 제게도 작품에도 제일 중요했습니다.

―촬영 체크란 구체적으로 어떤 작업입니까?

컷마다 셀(색을 입힌 캐릭터 그림)과 미술 배경이 완성되면 보통은 그대로 촬영팀에 넘기는데 〈스즈메의 문단속〉에서는 그 전에 감독님이 조정하세요. 색과 빛을 넣는 정도, 미술의 명암 등 컷마다 세밀하게 조정합니다.

제 생각으로는 빛의 설계가 중심이었습니다. 셀과 미술을 겹쳤을 때의 노출을 조정했다고 해야 하나. 그리고 미술에도 노출을 조정해 튀는 색이 있으면 낮추고 거꾸로 "여기는 올리는 게 좋겠어"라는 곳이 있으면 하이라이트를 넣기도 했죠. 또 하늘은 신카이 감독님이 아주 집착하는 부분이라 핵심인 첫 번째 컷과 종반에 나오는 하늘은 감독님이 직접 그린 곳도 많아요.

―그래요?!

신카이 감독님의 그림 만들기는 렘브란트와 비슷하다고 생각해요. 극적인 이미지라고 해야 할까요? 드라마틱하게 하기 위해서는 광원에 속임수를 쓰기도 해요. 실존하는 장소에서는 '이곳에는 햇빛이 닿지 않겠다' 싶은 부분에도 햇살이 내리쬐게 하죠. 이런 부분이 있어서 신카이 감독님이 실사와 어깨를 나란히 하는 게 아닐까 생각해요.

―미키 씨가 보기에 이전 작품과의 차이점은?

역시 촬영 체크라는 공정을 거침으로써 감독님이 머릿속으로 그린 색이 직접 필름에 나온 점이라고 생각해요. 색은 상당히 리얼리티를 지니는 쪽으로 선택되었고요. 과거 작품에서도 그랬지만. 감독님은 눈동자의 하이라이트를 하얗게 칠하고 싶어 하지 않으세요. "하얀색은 너무 밝아"라고 하시죠. 특히 후반부로 진행되면서 하이라이트를 약간 어둡게 처리했죠. 알아차리기 어려울 수도 있으나 그런 부

미키 요코 / 코믹스 웨이브 필름의 전신 회사인 코믹스 웨이브를 거쳐 현재는 프리랜서. 〈구름의 저편, 약속의 장소〉에서 촬영 보조로 신카이 감독 작품에 첫 참여. 이후 신카이 감독 작품에는 없어서는 안 될 스태프로 활약하고 있다. 〈너의 이름은。〉에서 색채 설계, 〈날씨의 아이〉에서는 조감독과 색채 설계를 맡았다.

―모든 컷을요?

네. 전부 조정합니다. 감독님은 제작 초기 단계부터 "이번에는 이렇게 하고 싶다"라고 하셨어요. 그러므로 촬영팀에 넘어가기 전에 감독님이 그림을 조절할 수 있도록 미술 배경과 셀을 합쳐 빛의 정도를 조정할 수 있게 준비하는 작업을 했죠. 그 공정을 거치자 완성된 화면이 정말 감독님다운 그림이 되었어요. 광원의 느낌도 그렇고 정밀한 미술 분위기까지 단박에 그림이 바뀌었습니다.

―그 촬영 체크 단계에서 감독은 어떤 점을 중점적으로 점검했나요?

분이 리얼리티를 높였다고 생각해요.

―미키 씨 본인이 제일 좋아하는 장면은?

좋아하는 장면은 정말 많아요. 다이진과 관련된 부분은 눈물이 나오고 말죠. "다이진은 말이야……. 스즈메 네 집 아이가 될 수 없었어." 이렇게 낮게 중얼거리고 결국은 요석으로 돌아가잖아요. 제가 설정을 생각했기 때문이기도 하지만(웃음), 다이진에게는 마음이 많이 가요. 어쨌든 고문서에는 다이진이 요석이 되었다는 배경 설명이 적혀 있어요. 스즈메와 타마키, 다이진과 스즈메의 "우리 집 아이가 될래?"라는 대사의 언쇄에 제작자이지만 가슴이 아파요.

―확실히 '가족' 같은 존재가 이야기의 열쇠가 되기도 하죠.

맞아요. 이전 작품에서는 연애 요소도 강하게 드러났는데 〈스즈메의 문단속〉은 연애보다 가족이나 가까운 사람과의 관계가 더 강하게 나옵니다. 그것은 소타와의 관계도 마찬가지입니다. 연인이라기보다 함께 달리는 파트너. 가족과 가까운 느낌이죠. 타미키 이모와도 이번 여행을 통해 더 가족이 되었을 겁니다.

츠치야 켄이치 土屋堅一

[작화 감독]

—츠치야 씨는 〈날씨의 아이〉에 원화로 참여했는데 이번에는 어떻게 참여하게 되었나요?

〈날씨의 아이〉 종영 회식 자리에서 (이번 작품의 프로듀서인) 이토 코이치로(伊藤耕一郎) 씨가 "다음 작품도 잘 부탁하네"라고 하시더라고요. 그때는 "원화를 조금 더 할 수도 있겠어" 정도의 분위기라

래서 제 그림에 가까운 형태로 디자인이 완성되어 있었어요. 물론 타나카 씨의 그림도 실력도 있고 아름답죠. 누가 봐도 호감도가 높은 멋진 그림이라 그 장점을 없애지 않으면서 제가 그리기 쉬운 형태로 해야만 하는 딜레마가 있었습니다.

—캐릭터 작업과 나란히 감독의 비디오 콘티가 완성되었을 텐데요, 보셨나요?

각본 때보다 더 큰 일이 되었어요(웃음). 이번 일만이 아니라 감독님의 비디오 콘티에는 그림이 잔뜩 들어가 있어요. "아니 이걸로 애니메이션을 만들면 되겠네! 이거면 되는 거 아닌가?"라는 컷도 많아요. 상황이 이러면 제가 할 일이 별로 없잖아요(웃음). 이보다 더 좋은 걸 해내야 한다는 인상을 받았어요.

—액션 장면이 이전보다 훨씬 많았는데 츠치야 씨는 어떻게 접근했나요?

초기에 감독님과 작품의 방향성을 이야기할 기회가 있었어요. 그때 "〈날씨의 아이〉보다 조금 더 리얼

소리에 맞춰 연기를 붙인다. 캐릭터의 실재감을 중요시했습니다.

"그럼요, 하겠습니다"라고 대답했는데(웃음). 이후에 제가 일하는 스튜디오를 통해 "작화 감독을 해주지 않겠습니까?"라는 이야기를 들었죠.

—다시 참여를 타진했네요.

하지만 직전까지 어정쩡한 자세를 취했죠. 마침 그때 각본을 보내주셔서 읽었는데 '이거 상당히 큰일이 되겠다'라는 생각이 들더라고요. 미미즈나 의자는 도무지 무슨 소린지 모르겠어! 그런 느낌이었던 터라(웃음), 이걸 작화로 하려면 엄청난 일이 되니까요. 그래서 감독님과의 미팅 전까지는 거절하려고 했어요.

—정말요?

하지만 감독님과 대화하는 중에 "꼭 해줬으면 좋겠어요"라고 하셔서 결국은 제가 마음을 접은 셈이죠……. 그리 좋은 얘기는 아니네요(웃음).

—(웃음). 거기서부터 실제 작업이 시작되었군요. 제일 먼저 착수한 건 뭔가요?

그 시점에서 타나카 미시요시 씨가 그린 러프한 캐릭터가 몇 점 완성되어 있어서 그걸 제가 애니메이션으로 그리기 쉬운 형태로 정리하는 작업이었습니다. 그런데 감독님은 이미 작화는 제가 맡는 게 확정이다 생각하고 계셨는지 타나카 씨와도 "츠치야 씨라면 어떻게 그릴까?"라고 대화하며 캐릭터디자인을 검토했답니다(웃음). 그

하고 평범한 캐릭터가 필요하다"라는 이야기를 들었습니다. 액션이라고 해도 여고생이 현실적으로 움직일 수 있는 범위에서 설득력이 있었으면 좋겠다고. 그걸 일단 기준으로 삼았습니다.

—데포르메 표현을 사용하지 않고 리얼한 방향으로 정리한다. 그런 화려한 액션과 함께 정밀한 인상 연기도 많은 작품입니다. 초반에 자전거를 발로 세우는 스즈메의 연기를 보고 이거 정말 고생했겠다 싶었어요(웃음).

아! 그런 장면은 정말 어려워요(웃음). 하나의 컷 안에 두세 개의 액션을 합쳐야 하는 일은 솜씨 좋은 애니메이터가 아니면 좀처럼 하기 어렵죠.

—비디오 콘티 단계에서 감독에게 그런 연기가 요구되었던 거죠?

맞습니다. 콘티에는 원하는 그림뿐만 아니라 함께 들어가는 음까지 담겨 있었어요. 캐릭터가 이동하는 만큼의 발소리가 비디오 콘티에 들어 있다니까요. 이렇게 걷다가 멈추고 돌아본다는 동작이 그림만이 아니라 소리로도 요구되어 있었어요. 그렇다면 상반신만 휙 돌려 돌아보는 그림으로는 안 되죠. 역시 발의 움직임까지 표현해야만 합니다. 어려운 움직임을 요구하고 있음을 비디오 콘티로 전달받았죠. 하지만 알아들은 이상 "……해볼게요"(웃음)라고 할 수밖에 없죠. 다만 소리에 맞춰 연기를 붙이면 역시 순조롭게 진행돼요. 애니메이션으로서 기분 좋게 제대로 그 자리에서 돌아보는 느낌이 들죠. 캐릭 ▶

▶ 터의 실재감이라고 할까요? 그래서 그런 부분은 상당히 신경을 썼습니다.

—이번에는 미미즈와 의자처럼 작화와 CG가 엮이는 장면도 많았죠?

처음에는 CG가 완성되지 않은 상태에서 작화로 진행해야 하는 장면도 많아 그게 힘들었습니다. 제대로 파악하지 못한 상태에서 연기를 생각해야 했다고 할까요? 예를 들어 문에서 미미즈가 분출하는 컷도 비디오 콘티에 그려진 요소를 바탕으로 일단 문을 미는 연기를 하게 하죠. 하지만 미미즈가 어느 정도의 속도로 바람을 일으키는지, 어떤 강도로 분출하는지에 따라 머리카락이나 옷이 날리는 정도라 달라지니까요.

—최종적인 형태를 전혀 상상할 수 없는 상태였군요.

그래서 일단 러프 원화까지 그려놓고 어느 정도 형태가 된 미미즈의 CG가 완성되면 거기에 맞춰 자연스럽게 맞춘다거나 확인했죠. 다음은 러프한 CG를 보면서 상상하며 그리는 방식이었죠.

—그랬군요. 츠치야 씨가 이 밖에 이전 작품과 다르다고 느낀 점은 뭔가요?

그리 달라진 건 없습니다. 다른 걸 해볼 여유가 없었던 점도 있고 또 신뢰도를 우선시했다는 점도 있죠. 무엇보다 물량이 매우 많은 데다 미미즈와 의자 같은 CG 캐릭터가 나오는 컷도 많았어요. 많은 요소를 포함하고 있어서 적어도 작화 연기만은 안심할 수 있도록 하고

로 세세한 수정이 꽤 있었습니다. 이번 비디오 콘티에서 대사와 효과음을 타임 시트(※어떤 타이밍에 그림을 바꿀 것인지, 지시하기 위한 것)로 작성하고 거기에 맞춰 애니메이션을 조합했습니다.

—미리 소리가 울리는 타이밍을 알고 그에 맞춰 작화했다는 말이죠?

다소는 어긋나도 상관없었으나 기본적으로는 맞춰 작화하고 싶다고 하셔서 그렇게 그렸습니다. 가장 이해하기 쉬운 장면은 열쇠를 꽂고 잠그는 연기입니다. 열쇠를 열쇠 구멍에 꽂고 찰칵 돌리기까지의 틈. 몇 코마를 멈추고 어떤 타이밍에 돌릴 것인지가 정말 중요하죠. 움직이는 폭과 속도와도 관련이 있으니까 제가 생각한 폭과 속도가 틀리면 움직임이 어색해져요. 그것을 조절하는 데는 역시 약간의 기술이 필요합니다. 해외에서는 프리스코어링(Prescoring, ※그림보다 먼저 소리를 녹음하는 방법)이 주류가 되어 연기자들의 대사나 숨소리에 맞춰 애니메이션을 작업하는 게 당연한데 저는 예전, 해외의 애니메이션에 참가한 적이 많아 그때 경험이 도움이 되었던 것 같습니다.

—특별히 인상에 남거나 마음에 든 장면은?

스즈메가 쌍둥이를 보살피는 장면입니다. 너무나 즐겁고 조금 전 이야기와도 겹치는데 연기의 틈이라든가 상당히 코믹한 장면이라는 점이 마음에 듭니다. 물론 그 '틈'은 비디오 콘티에서부터 충실히 작성되어 있었는데 정말로 절묘한 장면입니다.

—그럼 마지막으로 츠치야 씨의 경력 속에서 〈스즈메의 문단속〉은

츠치야 켄이치 / 가나가와 출신. 스튜디오 언 애플(an apple) 출신. 월트디즈니 애니메이션 재팬을 거쳐 앤서 스튜디오(Answerstudio)의 메인 애니메이터로 활약.
신카이 감독 작품에는 〈별을 쫓는 아이〉에서 공동 작화 감독으로 처음 참가한 뒤 〈언어의 정원〉에서 캐릭터 디자인과 작화 감독, 〈너의 이름은.〉에서도 일부 작화 감독을 맡았다.

싶었습니다(웃음).

—하지만 세밀한 캐릭터 연기도 많아서 아주 풍부한 화면이 되었어요.

모든 애니메이터가 최선을 다해줘서 정말 세밀하고 치밀한 움직임이 되었어요. 오히려 "이렇게까지 할 필요는 없는데"라고 느낄 정도였죠(웃음). 하지만 정말 감사했어요.

—감독이 중점을 뒀던 부분은 무엇이었나요?

아까도 잠깐 얘기했는데 소리와 소리 사이 같은 걸 아주 중요하게 여기셨어요. "여기는 조금 빈틈이 있었으면 좋겠는데"라는 식으

어떤 작품입니까?

저는 기본적으로 애니메이터이므로 작품에 깊이 관여하는 일은 거의 없습니다. 완성된 작품을 볼 때도 제가 참여한 부분이 제대로 되어 있으면 된다는 주의죠(웃음).

—하지만 이번에는 작화 감독으로 작품 전체에 참여하셨잖아요?

그렇습니다. 작화 감독 경험이 그리 많은 건 아닙니다. 그래서 작품의 처음부터 마지막까지 참여하는 좋은 기회가 되었습니다. 그런 의미에서 모든 컷에 책임을 느껴야 해서 꽤 긴장했습니다. 좋은 경험이었다고 생각합니다.

—앞으로의 일에 활용할 포인트는?

포니테일이 아주 잘 됐어요(웃음). 이번 일로 포니테일의 구조를 잘 이해하게 되었습니다. 어디에서 머리를 묶어야 하는지 같은 거요. 포니테일의 경계를 지금까지는 전혀 몰랐거든요.

—그러네요. 스즈메는 대부분 장면에서 포니테일이네요. 게다가 타이밍에 따라 조금씩 머리를 묶은 위치가 달라지고.

정말 평생 그릴 포니테일을 다 그린 것 같아요(웃음). 그러니 다음에 포니테일 캐릭터가 와도 걱정은 없을 듯합니다.

탄지 타쿠미 丹治匠

[미술 감독]

—탄지 씨는 신카이 감독의 〈너의 이름은.〉 이후 참가인데 이번 의뢰는 언제쯤 왔나요?

2020년 5월경으로 기억하고 있습니다. 그때 완성 전 각본을 보내주셨어요. 그때 저는 마침 다른 안건을 진행하고 있었는데 읽어보니 너무 재미있어서 '이번에는 새로운 시도를 하는구나'라고 생각했죠.

—새로운 시도란?

인간관계라는 부분에서 이전 신카이 감독님의 작품에는 나오지 않았던 묘사가 꽤 있었습니다. 구체적으로 예를 들면 시코쿠에서 치카와 만나 미미즈를 목격한 스즈메를 치카가 쫓아와 바이크에 태워주는 장면. 다음은 마지막 장면이요. 달리기 시작한 스즈메를 쫓아온 타마키가 자전거를 태워주잖아요. 이제까지의 신카이 감독님 작품에서는 그리 그려지지 않았던 '깊은 인간관계' 같은 게 느껴졌습니다.

—둘 다 스즈메와 적극적으로 교류하려는 캐릭터로 그려졌네요.

어떤 사람과 관계를 유지한다는 것은 번거로운 부분이 있고 현대인들은 우리 세대까지 포함해 최대한 귀찮은 관계는 맺지 않으려고 하죠. 그런데 〈스즈메의 문단속〉은 귀찮은 일을 전혀 개의치 않고 사람과 관계를 맺어요. 그런 점을 새롭게 부각하려 한 듯 합니다.

—스즈메가 일본 각지를 여행한다는 내용이라 극 중에 등장하는 장소가 평소보다 많았죠.

하지만 부담감이 크지는 않았습니다. 저는 관객으로서 로드무비를 좋아합니다. 예를 들자면 빔 벤더스 감독 작품이나 〈해리와 톤토〉 같은 영화들이요. 그것 말고도 좋아하는 로드무비가 정말 많은데 다양한 풍경을 보여줄 수 있고 다양한 사람을 만나고 헤어지죠. 〈스즈메의 문단속〉은 제가 좋아하는 타입의 영화라는 게 솔직한 감상이었

습니다.

—참가를 결정하고 신카이 감독과 전체적인 콘셉트 부분을 의논했나요?

아뇨. 제작 초기에는 특별히 얘기를 나누진 않았습니다. 구체적인 시퀀스를 만들어갈 즘에 이야기한 듯합니다. 다만 하늘에 관해서는 조금 얘기했습니다.

—하늘이요?

〈스즈메의 문단속〉의 무대는 늦여름이고 게다가 극 중에서 일어난 이야기들은 5일 정도에 벌어지는 일입니다. 하지만 그 안에서 여름부터 가을에 걸친 미세한 변화가 있었으면 좋겠다는 이야기가 나왔습니다. 실제로 미술 배경에 나오는 하늘과 구름의 표정은 이야기가 진행되면서 조금씩 가을 느낌이 납니다. 현실적으로 생각하면 5일 만에 그럴 수는 없죠.

—연출적인 목적이 있었겠군요. 탄지 씨는 어디서부터 시작했나요?

하늘과 구름의 표정은 이야기가 진행되면서 여름에서 조금씩 가을 색을 드러냅니다.

처음에는 각본을 바탕으로 좋아하는 장소를 몇 군데 이미지 보드로 그렸습니다. 특히 스즈메가 사는 규슈 마을이 그랬죠. 그곳은 특별한 모델이 없는 가공의 마을이었는데 각본을 보고 상상하며 캐릭터를 넣어 그려보고는 했습니다. 그것을 놓고 토론해 의견을 교환하며 점점 설정으로 정해가는 식이었습니다. 그 타이밍에서 로케이션 헌팅도 했죠.

—직접 가셨군요?

이번에는 로드무비라 다양한 장소가 등장합니다. 제일 먼저 간 곳은 규슈입니다. 그때는 아직 어디를 무대로 할지 정해지지 않았기 때문에 나가사키와 구마모토, 미야자키, 오이타의 다양한 바닷가 마을을 보며 돌아다녔습니다. 그리고 페리가 등장한다는 건 각본에 나와 있었기 때문에 어떤 페리가 좋을까 싶어 다양한 페리에도 타봤습니다. 그리고 규슈에서 시코쿠로 건너갔습니다. 스즈메는 시코쿠에서 전차를 타는데 전차에서 보는 풍경은 로케이션 헌팅으로 취재한 내용이 바탕이 되었습니다. 다음은 고베까지 갔나? 코로나가 한창때라 최소한만 했는데 스스베가 여행한 길을 따라나니며 보고 다녔습니다.

—현지에 가보니 어디가 가장 흥미로웠나요?

미야자키는 정말 남쪽 나라더군요. 예전에는 남국의 리조트 같은 분위기를 내세우기도 했다는데 다들 하와이로 가기 전에는 신혼여행은 미야자키였다더라고요(웃음). 그래서 야자나무가 가득 있었고 ▶

▶ 가드레일 폴에 붙은 반사판 실이 일부 지역일지는 모르겠으나 미야자키는 이상하게도 초록색이었습니다. 그런 점도 있어서 작품 속에 나오는 반사판 실도 초록색으로 했습니다.

—로케이션 헌팅의 성과가 제대로 반영되었네요.

각 지역의 음식을 먹고 다양한 사람을 만났죠. 그야말로 로드무비 같은 느낌이었습니다. 어협을 소개받아 취재할 때 먹은 생선이 정말 맛있었습니다.

—작품 후반부에서는 도호쿠의 지진 피해 지역도 무대로 등장합니다. 그곳도 로케이션 헌팅을 하셨나요?

그렇습니다. 개발이 진행되어 신도시가 되어가는 곳도 있었지만, 한편 작품에 나오듯 집의 기초나 일부 담만 남아 있는 곳도 있었습니다. 저도 처음 가봤는데 저토록 거대한 방조제가 한없이 이어져 있는 것 등 모르는 사실이 많았어요. 쓰나미가 여기까지 왔구나 싶어 놀라기도 했고요. 그 부근의 미술 배경은 본 것을 그대로 그리려고 했습니다.

—미술 설정을 결정하는 데 가장 힘든 점은 무엇이었나요?

전체적으로 다 힘들었지만(웃음), 영화 초반 온천 마을에 나오는 돔 모양의 시설은 최종적인 형태가 결정될 때까지 꽤 시간이 걸렸습니다. 감독님의 비디오 콘티에 어느 정도 그려져 있었는데 건물의 형태가 잘 이해되지 않아서……. 돔처럼 보였는데 도대체 뭘까 싶었죠. 그래서 '여기서는 이렇게 보일까?'라는 것을 거꾸로 설정을 정했

을까 생각했죠. 그래서 주위 공간은 채석장처럼 하고 벽에는 암반의 흔적이 남아 있는 게 좋겠다고……. 뭐, 그 아이디어는 신카이 감독님에게 바로 기각되었지만(웃음).

—(웃음). 한 가지만 더요. 작품 속에 등장하는 중요한 장소라고 하면 저세상이 있잖아요.

저세상에 관해서는 막연하게나마 감독님 안에 이미지가 있었던 듯합니다. 저도 이미지 보드를 몇 개 그렸고 CG 팀도 다양한 시도를 했는데 좀처럼 이걸로 가자는 말이 나오지 않았어요. 그런대로 '저세상은 이런 이미지구나'라는 게 정해진 것은 제작 후반이 되고 나서였어요.

—저세상은 현실과는 다른 세계여야 하는데 그 비주얼을 만들기 위해 어떻게 접근했나요?

저세상은 모든 시간이 동시에 존재한다는 세계라 하늘도 낮과 저녁, 밤이 섞여 있는 듯한 하늘이어야 했습니다. 그런 하늘을 보여주기 위해서는 대지는 어둡게 해야겠다고. 대지를 덮은 식물 등은 도호쿠 로케이션 헌팅했을 때 본 걸 이용했어요.

—개인적으로 마음에 드는 장면은?

드라마라는 면에서는 처음에도 말했듯 후반부 함께 자전거를 타면서 이야기를 나누는 스즈메와 타마키의 장면입니다. 그 장면은 역시 감독님의 새로운 시도가 가장 잘 드러난 부분이죠. 비주얼 면에서는 의외로 클라이맥스의 저세상 장면을 좋아합니다. 집과 불길과 땅이 있는…….

탄지 타쿠미 / 후쿠시마현 출신. 도쿄예술대학 졸업 후 〈일본 침몰〉〈신 고질라〉 등 여러 영화와 애니메이션, TV 드라마에 참여했고 그림책 작가로도 활동 중이다. 신카이 감독 작품에는 〈구름의 저편, 약속의 장소〉부터 참여. 〈초속 5센티미터〉에서는 미술을, 〈별을 쫓는 아이〉〈너의 이름은.〉에서는 미술 감독을 담당했다.

습니다. 그곳은 온천 마을이어서 틀림없이 온천의 열을 이용한 식물원 같은 게 있었지 않았을까. 그리고 이 돔 건물을 둘러싸는 형태로 호텔이 있지 않았을까. 제가 이런 식으로 생각하며 러프를 그리고 감독님과 상의하는 일을 되풀이하다 보니 지금의 형태가 되었습니다.

—그랬군요.

다음은 도쿄의 지하 공간입니다. 그곳은 스케치 단계에서 다른 아이디어가 있었습니다. 무엇보다 성문 같은 게 지하에 존재한다는 게 처음에는 이해가 되질 않아서요(웃음). 좀 더 원시적인 석조 제단 같은 것이라면 고대인들이 지하에 만들었다는 설정이 확 다가오지 않

—스즈메가 방황하는 부분이요?

실은 '여기는 미술로 어떻게 처리해야 할까?'라고 고민했어요. 일단 이미지 보드를 그리긴 했지만 이걸 완성할 수 있을까 싶었죠.

—어느 부분이 어려웠나요?

톤입니다. 다양한 것들이 존재하므로 너무 지저분해지죠. 게다가 디테일로 보여주기보다 전체적인 톤으로 보여주는 장면에서 그런 부분이 두드러져서요. 그리고 불꽃의 반사도 너무 강하면 화면이 번쩍번쩍 빛나는 그림이 되고 말죠. 최종적으로는 잘 끝난 것 같아 기분이 좋습니다.

—20년 가까이 함께 일해왔는데 탄지 씨가 생각하기에 신카이 감독의 연출가로서의 매력은 무엇인가요?

역시 절대 포기하지 않는 점이라고 생각합니다. 그림을 만들 때도 그렇고 틀림없이 각본이나 콘티 단계도 마찬가지일 겁니다. 무언가를 만들면서 제대로 안 될 때는 정말 많습니다. 하지만 그것을 끝내 만들어내죠. 당연히 기술적으로 훌륭한 점도 많겠으나 그보다 멘탈이죠. 포기하지 않고 만들어내는 정신이야말로 대단하다고 생각합니다.

야마모토 토모코 山本智子

[색채 설계]

—야마모토 씨는 〈날씨의 아이〉에 이어 참여하셨고 게다가 이번에는 색채 설계였어요.

〈날씨의 아이〉 때는 아직 다른 회사 소속이라 파견 형태로 참가했어요. 그리고 중간부터 들어온 터라 내가 맡은 장면만 하면 되는 분위기였어요. 그런데 〈날씨의 아이〉가 끝났을 때 코믹스 웨이브 필름

를 들어 밤 장면이라고 하면 이런 색을 칠해주세요, 라고 장면마다 색 지시표를 만들어 색 지정 스태프에게 건넵니다. 그런데 이번에 신카이 감독님 작품에서는 처음으로 색채 설계를 맡았기 때문에 불안했습니다. 아마 미키 요코 조감독도 불안했을 겁니다. 그래서 제가 작업한 걸 감독님이 체크하기 전에 먼저 미키 조감독에게 보여드렸어요. 그런데도 처음에는 리테이크가 정말 많았습니다. "이건 감독님의 취향이 아니야"라고 하면서요.

—감독에게는 색에 대한 명확한 주관이 있었군요.

색에 대한 주관이 강하세요. 제대로 표현하기가 힘든데 깊이가 있고 강력한 색을 좋아하신다는 느낌을 받았습니다. 미키 조감독도 "고상한 색을 좋아해"라고 하더군요.

—고상한?

일테면 캐릭터의 피부색이 다른 애니메이션 작품과 비교하면 상당히 깊고 짙은 색이에요. 요즘의 주류 애니메이션은 피부색이 더 하얗죠. 피부색이 짙어지니까 그

"이제 더는 못해"라고 할 정도로 색과 처리를 생각했습니다.

사원이 되어 마무리 공정팀을 만들었습니다.

—그렇군요. 그래서 이번에 야마모토 씨도 참여하게 되었군요.

사실 처음 제안을 받았을 때는 거절했습니다. 〈날씨의 아이〉를 제작할 때를 돌아보니 지금 내게 원하는 물량을 못 해낼 것 같더라고요. 하지만 굳이 회사에 마무리 공정팀을 만들어놓고 적극적으로 나서지 않으면 이상하지 않냐는 생각이 들어 마음을 바꿨습니다. 그렇다면 일단 내가 색채 감독으로서 이 작품과 단단히 인연을 맺어야겠고(웃음). 회사의 스태프를 제대로 키우기 위해서는 일단 내가 도전하자 생각했죠.

—야마모토 씨가 참여를 결정한 단계에 이미 각본이 완성되어 있었나요?

비디오 콘티가 있었습니다. "보고 나서 도대체 이게 뭐지?"라고 생각했죠(웃음). 이전 신카이 감독님의 작품과 완전히 다른 움직임이 있는 작품이 될 듯했으니까요. 특히 후반에는 액션 장면이 아주 많아서 놀랐습니다.

역시 그랬군요. 야마모토 씨가 담당한 색채 설계는 화면에 나오는 캐릭터의 색을 정하는 역할이죠?

그렇습니다. 우선은 감독님과 캐릭터디자인팀에서 구두와 화상으로 색 지시를 받아요. 그걸 바탕으로 작품의 색상을 생각하며 캐릭터의 색을 결정하는 작업입니다. 그게 결정되면 '색 견본'이라는 것, 예

에 맞춰 눈동자의 흰자위 색깔도 살짝 어두워졌어요. 그냥 지나가면서 보면 하얀색으로 보이지만 이 부분만 색을 빼보면 거의 회색에 가까워요. 명도가 낮은 하얀색이죠. 그건 〈날씨의 아이〉 때 알았는데 그때도 정말 놀랐어요. '〈날씨의 아이〉만 이렇게 짙은 색인가?'라고 생각했는데 이번에도 똑같이 짙었어요. 지금까지 작업한 작품과 색에 대한 사고방식이 완전히 달라서 익숙해질 때까지 조금 힘들었어요.

—일단 제일 먼저 캐릭터의 색을 결정한 이야기를 했는데 어떤 느낌으로 작업을 진행했나요?

캐릭터마다 몇 가지 패턴의 색 이미지를 만들어 감독님에게 보여드려요. 그 장면에 나오는 캐릭터를 늘어놓죠. 각 여러 패턴이 준비해야 하니까 엄청난 레이어 수가 되는데 어떤 조합이 좋은지를 감독님들과 찾습니다. 저는 캐릭터디자인 회의에도 들어가게 해주셨는데 그때 나온 이야기를 단서로 감독님이 원하는 색 이미지를 끌어내기 위해 자료를 최대한 만들어 제안했습니다.

—그렇게 해서 캐릭터 색을 결정한 다음에는 구체적이 장면에 색을 맞춰 가나요?

보통은 그런데 신카이 감독님은 컷마다 색을 체크하세요. 다른 애니메이션은 색채 설정이 장면마다 색을 정한 다음 감독이 완성된 전체적인 영상을 마지막으로 체크하면 끝나는데 신카이 감독님은 한 컷마다 스스로 색을 조정하세요. ▶

▶ —그래요? 그 과정에서 색이 많이 변하나요?

변하죠. 일테면 영화 마지막에 나오는 저세상의 초원 장면. 그 장면의 미술 보드를 보고 '이 장면, 아마도 감독님은 핑크 계열의 색으로 색감을 상당히 드러내려 할 거야'라고 생각했습니다. 그래서 나름 과감하게 색을 넣어 체크를 보냈는데 감독님이 보낸 것을 보니 거기에 동그라미를 그리고 색을 더 추가했더라고요(웃음). 그것을 보고 '아, 여기까지 해내지 않으면 안 되는구나'라고 생각했어요. 신카이 감독님의 머릿속에 있는 색상은 일반적인 범위 밖에 있어요. 끝까지 밀고 가지 않으면 신카이 감독님이 그리고 있는 이미지에 도달하지 못함을 느꼈습니다.

—그렇군요.

그런데 그게 재미있었어요. 이번에는 작품 전체가 2천 컷에 가까웠는데 정말 한 컷씩 감독님이 혼자 배경이나 캐릭터의 색감을 가감했어요. 저도 감독님이 손 본 컷을 하나씩 다 봤는데 정말 즐거웠어요. 솔직히 계속 보고 있고 싶어서 끝났을 때는 조금 섭섭하더라고요(웃음). 제 작업은 감독님의 의도를 정리하는 것일 뿐이라 최대한 빨리 다음 섹션으로 넘겨야 해서 늘 시간에 쫓겨 힘들었어요. 하지만 감독님의 색 조정을 한 컷씩 시간을 들여 보고 있으면 한없이 보고 싶을 정도의 충격적인 색 사용이었어요.

—긴 경력의 야마모토 씨에게도 놀라운 색채 감각이었군요.

그렇습니다. 게다가 그렇게 완성된 것들을 컷마다 늘어놓으니 왜

으면 좋겠다'라며 효과나 색 지시가 내려졌어요. 예를 들면 원화에서는 색의 패턴이 하나밖에 없는 컷이라도 촬영 전 시점에서 "중간에 색을 바꾸고 싶으니 2가지 패턴을 만들어주세요"라는 지시가 나왔죠. 그런 컷이 몇 개 있었죠.

—구체적으로 어떤 장면이었나요?

도호쿠에서 스즈메가 뒷문으로 뛰어들 때의 컷입니다. 처음에는 문으로 뛰어들 때의 색만 있었는데 감독님이 "문으로 뛰어든 뒤에는 저세상의 색을 반영하고 싶다"라는 지시가 있었어요. 그래서 2가지 패턴을 만들어 촬영팀에 전해달라고요. 그런 감독님의 의도를 이해하는 데 꽤 많은 시간이 필요했습니다.

—완성된 작품을 보고 개인적으로 마음에 든 장면이 있다면?

마지막, 스즈메가 어린 시절의 자신과 대면하는 초원 장면이죠. 밤부터 아침으로 바뀌는 장면인데 꽃잎이 잔뜩 날아다녀요. 그 장면의 어린 스즈메가 너무나 귀여워서(웃음). 얼굴에 빛이 쏟아지는데 밝은 미래를 향해 나아간다는 암시가 되어 아주 좋은 장면이라고 생각했습니다.

—그 장면은 정말 감동적이었어요.

하지만 그 장면에서 화면 앞을 흐르는 꽃잎을 만드는 일은 힘들었습니다. 그 꽃잎은 CG가 아니라 손으로 그렸는데 정말 끝부분, 제일 일정이 빡빡했을 때 의뢰가 들어왔어요. 일단 필사적으로 매달렸는데 사용되어 정말 다행이다 싶어 마음이 놓였어요(웃음).

야마모토 토모코 / 〈루팡 3세〉 시리즈와 〈20면상의 아가씨〉 〈모야시몬〉 〈후타코이〉 〈피아노의 숲〉 등의 색채 설계를 담당한 베테랑. NHK연속TV소설 〈여름 하늘〉의 애니메이션 색채 지도를 담당했다.

여기에 이런 색을 썼는지, 점점 이해할 수 있었습니다. 처음에는 '왜 이런 색감을 쓰지?'라고 생각했는데 장면이 완성됨에 따라 '아, 그렇구나!'라고 생각하게 됩니다. 아마도 감독님의 머릿속에는 처음부터 이미지가 있었겠죠.

—감독이 '색채 감독'이라는 직책으로 크레딧에 들어간 이유를 알겠네요. 작업 중 〈날씨의 아이〉 때와 다른 점이 있었다면?

최종 화면 제작에 촬영팀에 대한 요청이 많았던 느낌이 있습니다. 〈날씨의 아이〉 때는 거의 맡겨 작업하고 나중에 점검하고 지시를 내리는 형태였는데 이번에는 이른 단계부터 감독님이 '이런 식으로 했

—앞으로의 일에 활용할 게 있다면?

틀림없이 다 활용할 수 있지 않을까요? 이제야 하는 말이지만 '아, 나는 이런 일도 할 수 있구나'라는 자신이 생겼다고 할까…… '더는 못 해'라고 할 만큼 색과 처리를 생각했습니다. 이제까지의 제 방식으로는 절대 할 수 없는 일이었죠. 정말 풀 파워를 내지 않으면 할 수 없었던 방식이었습니다.

—감독이 능력을 끌어내 준 거네요.

저는 그렇게 에너지가 큰 사람이 아니에요. 이번에도 있는 힘껏 일해야지 생각하기는 했으나 그래도 내게 아직 이 만큼 매달릴 힘이 남아 있었나 싶을 정도였어요. 최근 수십 년간, 후배를 어떻게 양성할지를 생각하게 되었고, 일에서도 제가 지시를 내리고 실제 작업은 보조가 하는 일이 아주 많아졌죠. 하지만 이번에는 나 혼자 해보자고 결심하고 나섰습니다. 안 되면 중간에 젊은 직원의 도움을 받아야지 생각했는데 의외로 아직 되더라고요. 그래서 '다음에도 하고 싶다'라는 마음이 정말 커졌습니다. 한편 〈스즈메의 문단속〉의 경험을 젊은 사람들에게 전해야만 한다는 마음도 있습니다. 아직 내가 있는 동안에 젊은 사람에게 다양한 경험을 하게 해줘야겠다고. 저는 한 걸음 물러난 자리에서 이번 경험을 바탕으로 조언할 수 있을 것 같습니다.

타케우치 요시타카 竹内良貴

[CG 감독]

—타케우치 씨는 〈초속5센티미터〉부터 신카이 감독 작품에 참여했는데 이번 〈스즈메의 문단속〉은 어느 단계부터 참여했나요?

　시기적으로는 2020년 가을쯤이었습니다. 이미 각본은 완성되었고 메인 스태프가 모이기 시작하던 타이밍이었죠. 우선 처음에는 영화 처음 제목이 나오는 부분까지의 비디오 콘티를 봤는데 이제까지

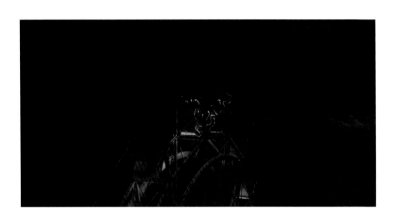

이번에는 CG 레이아웃을 이용한 장면이 아주 많아서 그게 정말 큰 일이었습니다.

—그랬군요. CG 레이아웃이란 건 뭔가요?

　컷마다 구도를 결정하는 게 레이아웃이고, 애니메이션에서는 주로 애니메이터가 콘티를 보고 배경이나 캐릭터의 러프 그림을 레이아웃 용지에 그립니다. 한편 CG 레이아웃은 애니메이터가 레이아웃 작업에 들어가기 전에 CG로 그 컷의 카메라워크나 배경 구도를 시뮬레이션으로 작업합니다. 예를 들면 실내 장면에서 정확한 퍼스의 방 구도를 손으로 그리기는 정말 힘듭니다. 하지만 방을 통째로 CG 모델로 만들어 카메라로 촬영하면 어느 정도 정확한 레이아웃을 만들 수 있습니다.

—퍼스 왜곡이 없는 상태를 만들 수 있다는 거죠?

　그렇습니다. 그래서 우선 감독이나 미술 스태프와 함께 CG 레이아웃용 CG 데이터를 만들고 "여기는 조금 더 이렇게 하죠"와 같이 의사소통하며 시행착오를 거칩

감독님은 처음부터 작가로서 일관되게 작품을 만드는 사람이라는 이미지죠.

의 신카이 감독과는 조금 구조가 다름을 깨달았습니다. 〈너의 이름은。〉이나 〈날씨의 아이〉에서는 대중에게 어떤 식으로 작품을 보여줄지 모색하는 듯한 인상을 받았는데 이번에는 균형이 잘 잡혀 있었어요. 〈초속5센티미터〉때의 기세와 인상을 유지하면서도 대중과 어울리는 작품이 되었다고 할까요? 정겹기도 하면서 엄청난 대작을 만난 듯했습니다.

—타케우치 씨는 이제까지 CG 치프라는 직책이었는데 이번에는 CG 감독으로 크레딧에 올랐습니다.

　원래 〈너의 이름은。〉까지는 신카이 감독님이 CG 실제 작업에서도 진두지휘했습니다. 내부에 있는 2, 3명을 데리고 CG 소재를 만들어야 했으니까 어쩔 수 없었죠(웃음). 〈날씨의 아이〉에서 제작 규모가 커지자 외부 스태프와 대화할 일이 많아졌어요. 그리고 이번에는 제가 직접 실제 작업할 일은 거의 없어지고 기본적으로 외주 작업으로 돌리고 지시에 주력했습니다.

—그래서 'CG 감독'이군요. 이번 작품은 전보다 훨씬 CG 비중이 컸는데 구체적으로 어떤 작업을 담당했나요?

　의자와 미미즈 CG는 감독과 세시타 씨가 이끄는 UNEND 팀이 담당하고 제가 우리 팀과 UNEND 팀 사이의 모든 의사소통을 이끌었습니다. 그리고 의자와 미미즈 이외의 모든 CG, 즉 CG 레이아웃과 CG 배경, 교통수단이나 새 같은 CG를 회사 안에서 담당했습니다.

니다. 그 결과 출력한 CG 레이아웃으로 애니메이터와 회의에 들어갑니다. 물론 그 회의에서도 애니메이터가 "이곳은 이렇게 바꾸고 싶어요"라는 말이 나오므로 그 자리에서 데이터를 수정하면서 최종적인 구도를 결정해 갑니다. CG 레이아웃의 정확한 수는 모르겠으나 1천 수십 컷 정도는 되었을 겁니다. 기본적으로 실내와 건물 내부는 CG 레이아웃으로 합니다.

—실내 외에도 일테면 오차노미즈 역 주변에서 다이진과 의자가 된 소타가 추격전을 벌이는 장면은 CG 레이아웃이었죠. 다이내믹한 카메라워크가 인상적이었어요.

　맞습니다. 그 장면은 카메라 맵이라는 기법이 사용되었는데 우선은 콘티에 그려진 카메라워크를, 미술이 얼마나 쉽게 그리게 할지는 일단 미뤄두고 CG로 만듭니다.

—일단 3DCG로 공간을 만드는 거네요.

　프로젝션 매핑이라는 기술을 이용해 미술 배경을 붙입니다. 프로젝션 매핑은 프로젝터를 이용해 건물에 그림을 투영하는 이벤트를 연상하는 분도 있을 텐데 기본적으로는 같은 구조입니다. 미술 배경이 투영된 공간에서 카메라를 움직임으로써 미술 배경이 움직이는 것처럼 보이는 방식입니다. 다만 여기서 어떤 그림을 투영할지가 중요하고 미술 스태프가 그리기 쉬운 앵글로 공간을 설계하는 게 가장 중요합니다. 잘만 설계하면 보통 미술 배경을 그리듯 그릴 수 있습 ▶

▶니다.

—예를 들면 카메라의 움직임에 맞춰 바로 앞의 전봇대가 움직이고 뒤의 건물이 보인다는 거죠?

그렇습니다. 그러므로 겹쳐지는 부분도 다른 레이어로 그려달라는 지시를 내립니다. 하지만 우리(코믹스 웨이브 필름)는 아주 세세하게 레이어를 나눠달라고 해도 미술팀이 잘 대응해줍니다. 최대 1백 파트나 나눠 달라고 했는데도 대응해줬으니까요.

—그거 굉장하네요.

아마도 우리 미술 배경 팀의 그리는 방법이 다른 곳과 조금 다를 겁니다. 무엇보다 신카이 감독님이 게임 제작 출신이라 배경을 레이어로 세분해 그리는 데 익숙하고 그 방법이 미술팀에도 전수되었을 겁니다.

—그 추격전 컷을 콘티에서 봤을 때의 감상을 기억하세요?

네. 처음에는 '이걸 어떻게 하지?'라고 생각했죠(웃음). 아마 보통 이런 컷은 피하겠죠. 하지만 최선을 다하면 결과가 나오니까. 감독님이 그런 콘티를 그린 이상, 그 컷을 만들지 못하면 작품이 성립되지 않으니까요. 게다가 그런 컷은 가장 큰 볼거리이기도 하잖아요. 그러니 할 수밖에 없다고 생각했습니다.

—하하하(웃음). 하나 더요. 의자와 미미즈 이외의 CG 캐릭터, 예를 들면 자동차나 지나가는 사람 같은 몹 캐릭터도 타케우치 씨가 담당했죠?

일테면 관람차가 휙 도는 컷입니다. 스즈메가 관람차의 문을 닫으려고 하는데 그게 중간에 작화에서 CG로 바뀝니다. 디테일을 완벽하게 맞춰야 했으니까 담당자는 정말 어려웠을 겁니다. 그리고 영화 처음, 퍼스트 컷도 마찬가지였습니다. CG로 풀이 흔들리는 컷이요. 그 장면은 풀과 꽃의 CG 모델을 수없이 만들어 테스트를 되풀이했습니다만 감독님이 원하는 그림 라인이 좀처럼 잡히지 않아 조금 애를 먹은 기억이 있습니다.

—감독이 원하는 그림 라인은 어떤 것이었나요?

화면 속의 CG의 질이 어느 정도야 하느냐는 것이었죠. 일테면 캐릭터와 같은 셀 질감인지, 미술 배경이 생생하게 움직이게 보일지. 아니면 여기는 다 CG로 만들어 실사 같은 그림을 해야 하는지요. 그 부분을 테스트하며 찾다가 결국은 CG를 미술에 얹은 질감으로 정리했습니다.

—그 장면은 영화의 첫 번째 컷이라 아주 인상적이었어요. 타케우치 씨가 특별히 인상적이거나 좋아하는 장면이 있다면 어딘가요?

처음에도 말했듯 역시 제일 처음 제목이 나오는 곳까지의 일련의 흐름입니다. 특히 뒷문을 닫을 때까지의 액션일까요? 작품 분위기가 확 드러나는 부분인 듯해요. 그리고 후반. 사다이진에 빙의된 타마키가 이야기하는 장면은 깜짝 놀랐습니다. 이전 신카이 감독님의 작품에는 거의 없는 분위기라 인상에 남았습니다.

—이제까지 봐 왔을 때 신카이 감독은 어떤 연출가인가요?

타케우치 요시타카 / 〈초속5센티미터〉에 미술 스태프로 참가한 이래 신카이 감독 작품을 뒷받침하는 스태프 중 하나로 활약. 중일 합작 애니메이션 영화 〈우리의 계절은〉의 제1편 '작은 패션쇼'에서 첫 감독을 맡았다.

그렇습니다. CG로서는 전과 같은 일을 했으나 다만 이번에는 차에 모두 운전사를 태웠습니다. 지금까지는 의외로 차창에 햇빛을 반사시켜 차 안이 보이지 않도록 했는데 감독님이 "실루엣으로 건너편이 보였으면 좋겠어"라고 하셔서. 그래서 몹 캐릭터 CG를 활용해 차 안의 운전석에 배치했습니다. 이게 어려웠다면 제일 어려운 일이었죠.

—그렇군요! 이 밖에도 타케우치 씨가 특히 힘들었다고 느낀 점이 있다면?

중간에 메인 캐릭터가 작화에서 CG로 바뀌는 컷이 몇 개 있어서,

저는 신카이 감독님을 그다지 연출가나 디렉터라는 감독으로 보지 않습니다. 오히려 처음부터 일관되게 작가로 작품을 만드는 이미지죠. 그 방식을 바꾸지 않은 채 이번의 〈스즈메의 문단속〉처럼 대규모 작품을 만들게 되었죠. 당연히 지금은 실제 작업은 다른 스태프에게 맡기고 자신은 그것을 디렉션하는 방식이 되었으나 그런데도 "이렇게 하고 싶다, 저렇게 하고 싶다"라는 판단의 기준은 작가적인 사고방식에 기인한다고 할까요. 이번에도 촬영 전에 모든 소재가 다 갖춰진 단계에서 감독님이 직접 화면의 색과 콘스라스트를 조정하고. 마지막 마무리를 직접 하는 모습을 보고 '신기이 감독은 이런 걸 하고 싶어 하는구나'라고 생각했습니다. 그래서 이번에는 그 마음을 현장 시스템으로 보완했다고 할까요. 감독님은 의외로 현실적인 문제도 제대로 생각하는 사람이라 예산이나 일정에 맞춰 "전부 다 하는 건 무리니까 이번에는 여기에 주력하자"라는 판단을 아주 예리하게 내립니다. 하지만 〈스즈메의 문단속〉은 작품의 규모가 컸으니까 아마 '하고 싶은 건 다 해보자'라는 마음이지 않았을까요? 그에 대해 현장도 어떻게든 대응하려고 했습니다.

세시타 히로유키 瀬下寛之

[CG 캐릭터 연출]

—세시타 씨는 CG 캐릭터 연출로 극 중 의자와 미미즈의 제작, 연출을 담당했습니다. 우선은 어떻게 합류하게 되었나요?

전에 제가 감독한 영화 〈BLAME!〉의 시사회에 신카이 감독이 와 줬어요. 그게 정말 감사했던 터라 언젠가 뭔가 도움이 되고 싶었죠. 그와 별개로 〈스즈메의 문단속〉의 이그제큐티브 프로듀서인 후루사

맞습니다. 의자만이었습니다. 그래서 '그렇지!'라고 생각했습니다. 감독이 생각하는 의자 이미지는 오히려 진짜 나무 의자를 만들어 코마 촬영의 스톱모션 애니메이션을 만드는 감각에 가까울 듯했죠. CG는 사용 방법에 따라 단점이 또렷이 두드러지는 도구이기도 합니다. 그래서 나는 어두운 구름에 CG 사용을 반대하는 사람입니다. 제가 보기에 '이건 CG가 아닌 게 더 좋았을 텐데'라고 생각하는 작품이 여럿 있습니다.

—CG는 표현 내용에 적합과 부적합이 있는 기법이란 말씀이군요.

그런데 신카이 감독은 "진짜 목재로 만든 의자 같은 분위기를 만들고 싶다. 그러니까 CG"라는 간단명료한 논리를 명쾌하게 설명했습니다. 다음은 장기간 프로젝트를 받는 일이니까 중요한 커뮤니케이션의 토대랄까, "어떻게 해석해야 하나?"에 관해 확인하고 싶었습니다. 그래서 파일럿 필름을 만들어 보겠다고 부탁했죠. 결과적으로 내 디렉션과 내 팀이 만

내가 과거에 만난 감독 중에서도, 손꼽히는 지도력을 지난 감독입니다.

와 요시히로 씨가 제가 감독한 애니메이션 〈고질라〉의 프로듀서이자 술친구였죠(웃음). 술 마실 때마다 "일 좀 줘요"라고 농담처럼 말했는데 어느 날 후루사와 씨가 "일 좀 할래요?"라고 말하더라고요.

—그게 〈스즈메의 문단속〉이었군요.

그 시점에서는 거절했습니다. 제 감독 작품을 여러 편 준비하고 있었어요. 신카이 감독의 작품이라면 일본 최고의 퀄리티가 요구되지 않겠어요? 그리고 다른 감독의 CG 디렉터를 맡는 건, 10년쯤 하지 않은 일이라. ……그런데 그날 밤, 정말 많은 생각을 했습니다. 벌써 35년이나 CG를 해왔는데 그동안 쌓은 노하우나 작업 능력이 신카이 감독의 작품에서 발휘된다면 재미있을 것 같았습니다. 그래서 한숨도 자지 못하고 다음 날 아침, 후루사와 씨에게 "만나서 이야기만 듣겠다"라고 대답했습니다.

—(웃음). 그래서 처음 대면하셨군요.

신카이 감독의 웃는 얼굴과 매력적인 말솜씨로 작품의 개요를 들으니 아무래도 하고 싶어지더라고요(웃음). 하지만 이것만은 꼭 제대로 얘기해야겠다고 싶어서 "이 의자, 아무래도 CG가 아닌 게 작품과 어울릴 겁니다"라고 전했습니다. 그랬더니 감독이 "아닙니다. 아예 CG의 딱딱한, 진짜 나무 같은 의자를 표현하고 싶습니다."라고 대답했습니다.

—그때는 세시타 씨에게 의자만 부탁했군요.

드는 게 이번 신카이 감독이 원하는 방향성과 부합한다면 본격적으로 참가하겠다고 전했습니다.

—세시타 씨의 발안으로 테스트 영상이 만들어졌군요.

그로부터 한 달쯤 걸려 완성했습니다. 이미 본편의 각본과 콘티도 있었는데 그것을 전혀 받지 않고 신카이 감독의 의자 디자인 스케치를 바탕으로 조형해 대본과 설정을 만들고 연출하고 성우의 연기와 효과음을 붙여 편집하는 식으로 1분짜리 짧은 필름을 제작했습니다.

—그게 꽤 본격적인 파일럿 필름이었어요.

신카이 감독이 요구하는 이미지를 구현하려면 매우 정보 밀도가 높은 커뮤니케이션이 필요하다고 생각했습니다. 당연히 신카이 감독이 아주 바쁠 테니까 우리와의 회의 시간도 제한이 있겠죠. 일주일에 1시간이나 2시간 정도겠죠. 그런 짧은 시간에 얼마나 커뮤니케이션을 할 수 있는지를 알아보는 시금석이기도 했습니다.

—그렇군요!

바꿔 말하면 신카이 감독이 일일이 지시를 내리지 않으면 답이 나오지 않는 상황에서는 필시 우리가 참가해 이 어려운 주제를 실현할 수는 없다고 생각했습니다. 그래서 일단 내가 먼저 주제를 해석하고 어느 정도 만들어서 답에 가까운 것을 선택하도록 한다. 그와 동시에 더 구체적인 방침을 받는다. 다음 주에도 똑같은 공정을 되풀이하며 정밀도를 높인다. 그런 방법을 쓰면 되겠다 싶었죠. ▶

▶ —어떤 형태로 커뮤니케이션할지가 이번에는 정말 중요했다는 말이군요.

네. 이번 작업에서는 혁신적인 랜더링이나 새롭고 복잡한 골격을 사용한다든지 하는 엔지니어링 면에서의 도전은 거의 없습니다. 심플한 모티프에 숨결을 불어 넣어 모두가 감동할 수 있는 매력적인 캐릭터로 만든다는, CG에 있어서 가장 근본적인 어려움이 있었죠. 그 장애물을 넘기 위한 커뮤니케이션을 어떻게 해야 할지가 가장 중요했습니다.

—그리하여 본격적인 의자 작업이 시작되었군요. 그리고 하나 더, 극 중에 등장하는 미미즈도 세시타 씨 팀이 담당했죠.

그렇습니다. 의자 작업을 즐겁게 진행하고 1년 정도 지났을 때, 마침 개봉을 1년 앞둔 시기에 "미미즈도 꼭 해주세요"라는 말이 왔어요. 당연히 신카이 감독의 스토리보드로 미미즈라는 게 어떻게 극 중에 등장하고 얼마나 난동을 피우는지 충분히 알고 있었던 터라, 아, 이걸 어쩌지 했죠(웃음).

—망설이셨어요?

쉽게 받아들이기는 힘들었어요. 그때는 스태프들과 회의했는데 "이제까지 우리 CG 팀을 이토록 존중하고 끈질기게 지도, 전달해주는 감독은 거의 없었다"라는 의견에 일치했죠. 신카이 감독과 함께라면 이 어려운 주제도 이겨낼 수 있다는 확신이 생겼습니다. 이전 1년간의 농밀한 커뮤니케이션 실적이 있었기에 받아들인 겁니다.

라는 식으로 스토리의 각 지점마다의 공통점과 차이점을 찾아내고 그것을 바탕으로 러프 스케치를 그리고 3DCG, 우리는 '마켓(조각의 시험 제작에 있어서 추형을 나타내는 용어)'이라고 부르는데 그것을 잔뜩 만들어 감독에게 보여주고 더 구체적인 지시를 받고 다시 언어화하는 일을 되풀이했죠.

—철저하게 콘셉트 작업을 수행했군요. 예를 들어 규슈에 나오는 미미즈는 상당히 생물처럼 보였는데요…….

콘셉트 구축 단계에서 신카이 감독에게 다양한 이미지를 공유받았습니다. 이중 핵심은 미미즈는 생물처럼 보이지만, 자연현상이라는 점입니다. 예를 들면 자연현상인 '회오리바람'이라는 단어 다쓰마키(竜巻) 속에 용이 들어 있습니다. 미미즈는 아마도 일본 신화의 오랜 신 중 하나일 겁니다. 일본에는 '민(꼬리 파, 꼬리나 땅의 이름 혹은 뱀을 가리킴)'라는 개념이 있어서 곡옥 같은, 다양한 형태의 파 문양이 남아 있습니다. 미미즈의 형상이나 움직임에는 그런 이미지를 인용했습니다.

—아, 그랬군요!

그러니까 우리가 사는 현세의 존재는 아니나 그곳에 출현하는 어떤 물리 현상이라는 경계 같은 존재를 노렸습니다. 일본 신화적 이미지만이 아니라 도쿄 상공에 출현한 거대한 미미즈의 특징적인 소용돌이는 '카르만 소용돌이'라는 유체 현상을 인용했습니다. 수작업한 애니메이션에 보탠 소용돌이의 발생은 카르만 소용돌이의 물리 시

세시타 히로유키 / UNEND 대표. StudioKADAN 부사장. 일본 CG 초창기부터 영화, 광고, 게임, VFX 등의 세계에서 활약하며 게임 『파이널 판타지』 시리즈의 영상을 담당했다. 주요 감독 작품으로 〈시도니아의 기사〉 〈아인〉 〈BLAME!〉 〈고질라〉(애니메이션 3부작)가 있다.

—이미 이미지보드 같은 게 있었나요?

스토리보드와 몇몇 설정 스케치가 있었습니다. 다만 미미즈란 도대체 어떤 존재인지에 해당하는 콘셉트 디자인부터 다시 착수했습니다.

—바로 컷 제작에 들어가는 게 아니라 우선 기초가 되는 부분을 다시 구축했다?

그렇습니다. 일단은 '미미즈란 어떤 것인가?'라는 주제를 놓고 감독과 이야기하며 요소를 빼곡하게 적어 일단 언어화했습니다. 그리하여 요컨대 규슈에 나오는 미미즈를 이렇게, 시코쿠는 저렇게……

뮬레이션에 의한 반자동 생성입니다.

—그 결과, 매우 독특한 비주얼로 완성되었어요. 신카이 감독과 함께 일해보니 어땠나요?

맡겨줄 건 확실히 맡기고, 지도할 건 확실히 지도하더군요. 내가 이제까지 만난 감독 중에서도 손꼽히는 지도력을 지닌 감독이었습니다. 게다가 우리 CG 팀의 일에 정말 정성을 다해 매달렸어요. 이번에는 그게 정말 중요했습니다. 애니메이션 작품에 CG 팀이 참여하는 일은 전에도 사례가 많았는데 실제 애니메이션과 CG는 일의 진행 방식이 달라 사상이나 문화, 사용하는 언어 수준도 다릅니다.

—성립되는 기초 부분이 다르다는 거군요.

그런데 이번에는 신카이 감독과 CWF(코믹스 웨이브 필름) 스태프가 우리 팀에 맞춰줬습니다. 신카이 감독 본인과 CWF 직원들의 적응 능력이 매우 높았기에 이 일이 실현될 수 있었을 겁니다.

츠다 료스케 津田涼介

[촬영 감독]

—츠다 씨는 〈너의 이름은。〉부터 신카이 감독 작품에 참여하셨죠?

네. 촬영팀의 일원으로 참여했습니다. 제일 처음 놀란 점은 신카이 감독님의 제작 방식이 개인 제작의 연장이라고 할까요, 일반적인 애니메이션 제작 방식과는 완전히 달랐던 것입니다. 보통은 미술 보드에 대해 캐릭터 컬러 모델을 만들고 거기서 정한 색에 맞춰 장면을 만

드는데 신카이 감독님의 작품에서는 감독님 자신이 촬영 단계에서 휙 색을 바꿔요. 캐릭터의 색도 마찬가지고 때로는 배경에 손을 대기도 하죠. 〈너의 이름은。〉 때는 그 작업을 촬영이 애프터 이펙트로 처리해야 해서 솔직히 당혹스러웠어요(웃음). 촬영이란 이미 갖춰진 소재를 합성해 조정하는 게 역할인데 아예 갖춰지지도 않은 소재를 주더니 그 색을 컷마다 조정해달라고 하니 "네?!"라고 되묻고 말았죠.

—하하하.

감독님이 생각하는 '촬영'의 역할은 우리가 평소 수행하는 촬영보다 범위가 넓습니다. 신카이 감독님처럼 최종적인 비주얼을 보는 게 '촬영'이라고 생각하면 색도 촬영이 조정하는 게 당연하므로 그 방식도 이해할 수는 있지만……

—그렇지만 처음에는 당황했다?

그런 걸 생각해본 적 없었던 터라 무엇보다 내가 할 수 있을까? 라는 고민이 있었습니다. 〈너의 이름은。〉 때는 아마도 다들 그 지점에서 고민했을 겁니다.

—이후 〈날씨의 아이〉에서는 촬영 감독을 담당했고 이번에도 이어서 촬영 감독으로 참여했습니다. 참여를 결정한 단계에서 각본과 기획서는 보셨나요?

각본이나 비디오 콘티를 보여주셨는데 처음에는 너무 몰두하지 않고 한발 물러서서 봤습니다. 거기에는 여러 이유가 있습니다. 첫

번째로 그 단계에서 이번 작품이 1,900컷 이상임을 알았기 때문입니다. 촬영 감독의 일 가운데 하나는 작품을 완성하는 것인데 그런 제가 너무 작품에 몰두해 "이런 작품을 만들고 싶다"라고 해버리면 완성될 것도 완성되지 않습니다. 그래서 너무 깊이 들어가지 않으려고 합니다.

—이번에는 골키퍼 같은 역할에 집중했다는?

그렇습니다. 작품을 무사히 완성하기 위해 저는 그림을 만드는 데 전념하고 싶었습니다. 촬영에는 다양한 작업이 있고 그중에는 공정의 일정 관리라는 것도 있는데 이번에는 그런 부분을 제작 진행 쪽에 맡겼습니다. 이 밖에도 작업의 효율화와 불필요한 공정을 줄이려고 최근에는 자동화할 수 있는 작업을 PC에 맡기도록 스크립트를 쓰는 일도 촬영의 작업이 되었는데 이번에는 그런 시스템에도 관여하지 않고 화면 만들기를 가장 우선시했습니다.

—그랬군요.

일부러 통일하지 않고 장면마다, 컷마다 표현을 다르게 했습니다.

그러려고 했는데 결국은 시스템 구축도 하고 일정도 내내 작업팀과 이야기를 나눠야 했습니다.

—(웃음). 〈날씨의 아이〉 때와 크게 달라진 점이 있다면?

이번에는 '촬영 체크'라는 공정이 들어간 게 가장 큰 차이점이었습니다. 보통 촬영 감독이 그림을 결정하면 그게 최종 화면이 되는데 〈스즈메의 문단속〉에서는 미리 신카이 감독님이 한 컷씩 빛이나 색 등을 지시한 '촬영 체크'를 바탕으로 촬영 처리하는 흐름이었습니다. 이 '촬영 체크'가 들어감으로써 신카이 감독님의 이미지에 가장 가까운 것을 화면 위에 실현할 수 있었습니다. 그리고 촬영팀에서 완성한 것을 편집팀에 넘기는데 감독님은 이 편집 작업도 직접 담당했습니다.

—감독에게 직접 완성된 것을 넘긴다는 거군요.

〈스즈메의 문단속〉뿐만 아니라 〈너의 이름은。〉이나 〈날씨의 아이〉도 그랬으나 신카이 감독님이 편집을 담당했기 때문에 체크가 빠릅니다. 원래는 '올 러쉬'라고 촬영한 컷을 다 같이 보며 문제가 있으면 리테이크를 내는 공정이 있는데 편집 단계에서 감독님이 체크하고 리테이크할 게 있으면 바로 돌아갑니다. 게다가 감독님은 촬영에도 집착이 강해 일반적인 촬영 리테이크보다 자세하게 지시를 내립니다.

—'촬영 체크' 단계에서 감독이 특히 주력했던 건 뭔가요?

색과 콘트라스트라고 생각합니다. 신카이 감독님은 이번 '색채 감독'이라는 직책으로도 크레딧에 올라갔기 때문에 그 부분에 상당히 ▶

▶ 집착하셨어요. 신카이 감독이 '촬영 체크' 하기 전에 타이밍 촬영, 즉 지금까지의 소재로 임시 촬영하는 단계가 있는데 그 완성본을 봐도 그리 위화감이 없었어요. 하지만 '촬영 체크'에서 신카이 감독님이 조정한 것을 보니 '아, 이게 옳구나'라는 생각이 절로 들더라고요. 딱 맞아떨어지는 느낌이 들었어요. 감독님은 종종 "콘트라스트를 바꾸지 말아요"라고 말하세요. 일테면 촬영 처리 중에 빛을 확산시키는 디퓨전이라는 필터가 있는데 그 필터를 끼면 빛이 확산될 뿐만 아니라 밝은 부분의 명도가 더 강해집니다. 그래서 디퓨전을 사용할 때는 필터를 낄 때 콘트라스트가 바뀌지 않도록 노멀 부분의 콘트라스트를 조금 낮추라는 지시가 떨어집니다. 감독님 안에는 명확한 색과 콘트라스트의 균형이 있는 것 같습니다.

—좀 더 구체적으로 말해주면 좋겠는데…….

예를 들자면 캐릭터의 그림자 색깔 톤이 있습니다. 그림자라고 해서 검은색이 아닙니다. 보라색이나 붉은색 기가 있는데 컷이 바뀌면 주위 색과 비교되며 어울리지 않기도 해요. 물론 그냥 보면 별다른 위화감이 없지만, 배경으로 보이는 푸른 하늘의 면적이 커지면 그 푸른색이 조금 영향을 받기도 하고, 초원의 면적이 커지면 그쪽 색이 됩니다. 그럴 때마다 감독님이 색을 조정해 그 환경에 더 적합한 그림자 색을 만듭니다.

—장면의 색을 바꾸면 그걸로 통일하는 게 아니라 컷마다 맞는 색으로 바꾼다고요?

—바다라고 하면 스즈메가 페리에 타고 있을 때 밤바다의 수면도 흥미로웠어요.

그것은 원래 CG 팀이 작성한 소재를 감독님과 제가 조정해 만들었습니다. 마침 페리에 탈 기회가 있어서 같은 앵글로 동영상을 촬영해 그걸 참고했습니다.

—바다 외에도 미미즈가 터질 때의 비나, 스즈메가 처음 뒷문을 발견하는 건물의 물가 등 물의 표현이 인상적인 작품입니다.

이번 촬영에 참여한 사람들 모두 평소에는 촬영 감독을 하는 분들입니다. 그러므로 질이 높은 것은 물론이고 그에 더해 좋은 의미에서 표현이 균일하지 않죠. 보통은 촬영 감독이 "물 표현은 이런 처리로"라고 지시를 내리면 그에 맞춰 만드는데 이번에는 그러지 않았습니다. 각 촬영 스태프가 원하는 대로 만들게 했죠. 그래서 바다나 물 표현이 장면이나 컷마다 다릅니다.

—굳이 통일하지 않고 컷마다 베스트를 찾았다는 말인가요?

그렇습니다. 이번에는 그런 방향으로 만들었습니다. 저는 보통 TV 시리즈를 맡을 때가 많아서 에피소드마다 너무 튀지 않게 균일한 표현을 하는 데 집중합니다. 하지만 이번에는 그런 생각을 다 버리고 다양한 표현이 있어도 괜찮지 않을까 생각했죠. 각 촬영 스태프가 만들어 온 게 다 너무 좋아서 그 첫인상을 최대한 그대로 활용하자는 느낌으로 진행했습니다. 그 결과 우연의 산물일지도 모르지만, 무대마다 분위기가 다른 로드무비의 느낌이 의외로 나오지 않았나

츠다 료스케 / ㈜트로이카 소속. 전작 〈날씨의 아이〉에서 촬영 감독을 맡았다. 그 밖에 〈아이돌리쉬 세븐〉 시리즈와 〈사쿠라코 씨의 발밑에는 시체가 묻혀 있다〉에서 촬영 감독, 〈알드노아. 제로〉 〈Re:CREATORS〉 등에서 비주얼 효과를 담당했다.

그렇습니다. 그러므로 모든 컷의 색깔이 다릅니다. 그래서 앞의 컷에서는 이 색깔이었는데 다음 컷에서는 전혀 다른 색이 됩니다. 그런데도 감독님이 정한 색들은 묘하게 통일감이 있습니다. 추상적으로 들릴지도 모르겠는데 '그림으로서 딱 맞아떨어진다'라는 표현이 생각납니다.

—츠다 씨가 좋아하는 장면은?

바다 표현을 잘한 것 같습니다. 일테면 스즈메가 페리에서 내리는 에히메의 바다요. 작업한 촬영 스태프와 이야기하면서 빛의 느낌을 정해 셀 같은 그림자를 더해 아름다운 화면을 만들었습니다.

심어요.

—이제까지 세 작품에 참여했는데 처음과 지금 달라진 인상이 있다면?

개인적으로 〈너의 이름은。〉에 참여한 이후 작업이 상당히 변했습니다. 뭐랄까요, 신카이 감독님은 세계의 해상도가 높습니다.

—세계의 해상도요?

예를 들어 형광등 불빛을 애니메이션에서 표현할 때는 미술 배경에서 그리거나, 혹은 사각형 마스크를 만들어 투과광을 사용하죠. 둘 나 언술 요건을 갖춰야 하는데 실제로 형광등 불빛을 보면 가운데가 조금 어두워요. 하얀색 안에 농담이 있죠. 그런 해상도로 그려지는 감독님의 작품에 참여하고 있으면 그런 부분을 조금씩 알게 돼요. 그거야말로 제 인생의 보물이죠. 〈날씨의 아이〉에서는 의외로 일반적인 스튜디오 제작 방식으로 하려고 노력했고 그것 자체도 나쁘지 않았습니다. 이번 〈스즈메의 문단속〉에서는 신카이 감독 본인이 원점으로 돌아간 것 같았습니다. '촬영 체크'로 대표되듯 정말 신카이 감독님이 만들고 싶은 그림을 만든다. 그 원점으로 돌아간 게 아닐까 하는 느낌을 강하게 받았습니다.

RADWIMPS (노다 요지로 野田洋次郎)

[음악·주제가]

—신카이 감독과는 이 작품으로 세 번째가 됩니다. 이번 참여는 어떤 경로로 요청되었나요?

일단 감독으로부터 "감상을 들려달라"라는 형태로 각본을 받았습니다. 전에도 그랬지만, 감독은 처음부터 "음악을 맡아주세요"라고 말하지는 않아요. 각본을 읽은 제가 어떤 감상을 지니고 어떤 이미지를 떠올렸는지 알고 싶어 하죠. 이번에도 그 부분을 기대하리라 예상했기 때문에 "이전 작품과는 전혀 다른 곳을 목표로 하고 있네요"라는 내용의 감상을 메일로 전했습니다.

—그럼 노다 씨 본인도 이제까지와는 다른 세계관의 소리를 목표로 새로운 접근으로 악곡 제작에 임하셨나요?

그렇습니다. 과거 두 작품(〈너의 이름은。〉〈날씨의 아이〉)은 현대의 팝 뮤직 장르로 승부했습니다. 특히 주제가는 그 점을 강하게 의식했고 배경음악도 오케스트라를 중심으로 한 현대적인 접근을 많이 이용했습니다. 하지만 이번 작품에서는 시대성에 국한되지 않고 폭넓은 음악을 목표로 했습니다. 다국적적인. 어느 나라 음악인지 모를 불가사의한 음이 있고 그것이 정겨운 울림을 주는. 영화 스토리도 폐허와 과거에 번영했던 마을을 끊임없이 찾아다니는 역사적인 측면이 있어서 그런 세계관에 음악도 맞춰 나가자 생각했습니다.

허구의 세계를 진실처럼 보이게. 이번 음악은 그런 큰 역할을 담당했습니다.

—그랬군요. 또 이전의 〈너의 이름은。〉의 공식 비주얼 가이드에서는 "감독의 요청이 너무 자세하고 수없이 장문의 이메일을 받으니 우울해졌다"라고 말했었죠?

네. 그랬죠(웃음).

—세 번째 작품이 되면 역시 그런 일도 줄었나요?

아니, (메일) 랠리는 완전히 그대로예요(웃음). 다만 제게 내성이 생겼죠. 〈너의 이름은。〉은 제게는 최초의 사운드트랙으로 1년이라는 시간을 들여 임했고 또 미지의 영역에 들어간다는 느낌도 있어서 끝날 때쯤은 정말 피폐했습니다. 감독과 수십 회나 의견을 나누고 드디어 오케이 사인이 떨어지나 싶더니 몇 개월 뒤에 다시 수정 지시가 오고(웃음). 그래도 두 작품을 함께 하며 제가 상상한 것보다 훨씬 높은 곳까지 작품과 저를 끌고 가는 사람이라는 신뢰가 생겼습니다. 그래선지 지금은 '좋아 어디든 함께 가보자!'라는 느낌입니다.

—그럼 오히려 회를 거듭할수록 감독의 요구가 높아졌다는 건가요?

그렇기는 합니다. 각 징면에 쓰이는 음악의 목표와 억할이라는 게 감독 안에 더 명확해졌어요. 그래서 어정쩡한 멜로디나 코드 진행을 들고 가면 감독은 절대 고개를 끄덕이지 않습니다. 집착이 강해진 건 저도 마찬가지입니다. 가사 이상으로 멜로디만으로 등장인물들의 심정을 표현하고자 합니다.

—이번에는 진노우치 카즈마 씨와 공동 작업했습니다. 구체적으로 어떤 형태로 곡을 만드셨나요?

액션 장면 등은 진노우치 씨가 중심이고, 드라마 멜로디나 에센스는 주로 제가 만드는 것으로 역할을 분담했습니다. 감독도 처음부터 어느 정도 정해놓았던 듯합니다. 처음에는 진노우치 씨와 주고받으면서 함께 곡을 만들자는 안도 나왔는데 시간이 별로 없어서 항상 곡을 공유하면서 각자 작업하는 식으로 했습니다. 다만 내가 만든 멜로디 소절을, 진노우치 씨가 자기 곡에 인용하거나. 그 반대의 경우도 있습니다. 둘 중 누군가가 토대를 만들고 다른 사람이 편곡하고 장식도 합니다. 게다가 마지막 더빙 작업은 함께 했는데 그때 서로가 만든 곡이 점점 하나가 되는 감각이 굉장했어요. 그게 정말 감동적이었고 제게는 너무나 신선한 놀라움이자 기쁨이었습니다.

—공유함으로써 얻은 게 많나 봐요.

정말 많았습니다. 특히 영화 음악을 좀 더 자유롭게 할 수 있었어요. 저는 록 밴드 출신이라 아무래도 축이 되는 키를 하나 만들면 그 안에서 편곡을 더할 때가 많았어요. 그런데 굳어진 상식은 필요 없음을 깨달았죠. 또 진노우치 씨의 넓은 음 선택에 놀랐습니다. 선택지가 많으면 많을수록 최적의 해답을 찾을 수 있으므로 바로 그 방법을 배웠습니다. 게다가 음을 중첩하는 것도 제가 모르는 것 천지였어요. 정말 배울 게 많았습니다. 반대로 정말 좌우도 구분 못 하 ▶

▶는 내가 용케 지금까지 영화 사운드트랙을 만들어 왔구나 싶었죠(웃음). 물론 무지했기에 만들어진 곡 작업과 모험도 있었을 텐데 그것도 나쁘지는 않았겠죠.

—영화 음악에 대해 더 물어볼게요. 제일 먼저 시작한 곡은 무엇인가요?

감독이 핵심이라며 주문한 게 「도쿄 상공」이었습니다. 또 소타를 구하러 가는 장면에서 흐르는 「소타가 있는 곳으로」 등은 이야기의 열쇠가 되는 부분이라 일단 그것부터 만들기 시작했습니다. 비디오 콘티를 보면서 만들어서 이미지는 금방 떠올랐습니다만, 미미즈는 정말 마지막까지 그 전모를 파악할 수 없었죠. 그래서 미미즈와 관련된 곡들에서 가장 상상력을 많이 동원했습니다.

—영화와는 별도로 사운드트랙만 들어봤는데 정말 다양하고 풍부하더군요.

저도 그렇게 느꼈습니다. 노래뿐만 아니라 곡도 내내 듣고 싶은 즐거움이 있어요. 실은 그것도 이번에 도전한 것 중 하나입니다. 일테면 고양이가 의자에 쫓기는 「캣 체이스」는 브라스 느낌이 너무 좋아요. 그 장면이라면 말이죠, 과거 두 작품이었다면 「전전전세」(〈너의 이름은.〉)나 「축제」(〈날씨의 아이〉)처럼 노래로 만들었을 겁니다. 하지만 이번 작품에서는 노래가 아니라 멜로디만으로 이야기를 진행할 수 있지 않을까, 감독과 대화하고 도전해 봤습니다.

—한편 노래라고 하면 예고편이 공개되었을 때부터 화제가 된 주제

작품 전체를 더 넓혀주는 존재로서 노래하길 원하죠. 예를 들어 이번 토아카 씨의 목소리에는 처음 듣는 소절부터 끌려 들어가요. 가사도 없는 소절부터 이야기를 느낀다고도 할 수 있죠. 또 그녀는 노래를 끝낸 뒤에도 희미하게나마 숨이 남아 있어요. 즉 목소리가 나오기 전과 끝난 직후에도 기척 같은 게 존재해요. 그게 아주 독특하죠. 이건 꼭 큰 극장에서 들어보시길 바라요.

—영화에서는 또 다른 주제가로 RADWIMPS의 「카나타 하루카」도 흐르죠.

이건 정말 마지막 단계에서 감독이 "아무래도 요지로 씨가 노래하는 주제가 있었으면 좋겠다"라고 해서 간신히 짜내어 완성했죠(웃음). 실은 이번에 노

노다 요지로 / 1985년생. 도쿄 출신. 쿠와하라 아키라(기타), 타케다 유스케(베이스), 야마구치 사토시(드럼)와 함께 2001년에 RADWIMPS를 결성, 2005년에 메이저 데뷔. 신카이 마코토 감독과 손을 잡은 영화 〈너의 이름은.〉 〈날씨의 아이〉로 일본아카데미상 최우수 음악상을 받았다. 또 2022년에 개봉한 영화 〈남은 인생 10년〉에서도 영화 음악을 맡았다.

가 「스즈메」가 있습니다. 이 곡을 노래한 토아카 씨를 기용한 계기를 알려주세요.

음악팀 스태프가 그녀를 알려줬어요. TikTok에서 다양한 아티스트의 노래를 커버한다고요. 저도 보고 "꼭 후보 명단에 올려달라"라고 부탁했습니다. 처음에는 후보만 수십 명이었습니다. 「스즈메」의 데모를 후보자에게 보내 노래를 녹음해 받았습니다. 그렇게 해서 후보를 추렸는데 토아카 씨의 목소리가 누구보다 뛰어났습니다. 목소리와 곡이 자연스럽게 어우러져 듣는 순간 '아, 이 사람이다!'라는 느낌이 왔습니다. 신카이 감독에게도 후보자의 노래를 들려줬는데 역시 바로 결정되었습니다.

—좀 더 구체적으로 어떤 매력이 있었는지 알려주세요.

너무 얄밉다고 해야 하나(웃음). 타고난 목소리를 지니고 있었어요. 약하고 당장이라도 꺼질 것 같은데 심지가 단단해 강력하죠. 게다가 나쁜 버릇이 없어 누구든 될 수 있는 투명성을 지니고 있으면서도 확실한 존재감이 있습니다. 그런 이율배반을 아무렇지 않게 오가는 점이 유일무이했습니다.

—정말이에요. 목소리가 또렷하게 들려오는데 작품을 방해하지 않는 느낌이 들어요.

그게 바로 저나 감독이 작품에서 중요시하는 부분입니다. 〈날씨의 아이〉의 미우라 토코 씨부터 이야기를 끌어가는 강력함만이 아니라

래를 제일 많이 만들었어요. 수록하지 않은 곡까지 포함해 8~9곡 정도를 만들었습니다. 당연히 아이디어가 고갈해 포기하려 했죠. 하지만 감독이 원하면 해야 한다는 생각이 들었습니다. 여기서 도망치면 내내 후회할 것만 같았죠. 게다가 저는 역시 연애의 관점에서 스즈메와 소타를 그린 곡이 필요하다고 생각했습니다. 〈스즈메의 문단속〉이라는 이 이야기는 장대하고 다양한 요소가 포함되어 있습니다. 하지만 그렇다면 오히려 주제가 뭔지 잊어버리는 관객이 생길지도 모르죠. 그런 점을 위해서라도 명확하게 두 사람이 서로를 생각하는 마음을 곡으로 만드는 게 의미가 있다고 느껴, 힘이 닿는 한 사랑을 노래하자고 생각했습니다.

—마지막으로 신카이 감독 작품은 이제까지 영상, 이야기, 음악의 높은 친화력을 드러내고 있는데 특히 이번 작품에서 음악은 어떤 역할을 한다고 느꼈나요?

이번 작품은 이제까지의 신카이 감독 작품 중에서도 단연 판타지 요소가 강합니다. 허구의 세계 같으면서도 그런 온갖 '거짓말'을 보는 사람에게 '진실'로 보이게 하기 위한 큰 역할을 맡은 게 음악이라고 생각했습니다. 등장인물들이 분명 그곳에 존재하고 필사적으로 살아가고 있음을 관객이 아무런 의심 없이 받아들이게 한다. 그런 진실로 이어주는 가교가 되면 좋겠다고 간절히 바랐습니다.

진노우치 카즈마 陣内一真

[음악]

—진노우치 씨는 신카이 감독 작품에는 처음 참여했는데 전에 작품을 보신 적은 있나요?

아직 학생일 때 〈그녀와 그녀의 고양이〉라는 단편을 본 게 처음입니다. 당시에도 컴퓨터 기술이 발달하고 있어서 컴퓨터 한 대만 있으면 다양한 걸 할 수 있었죠. 그 시대의 선구였다고 생각해요. '앞으로 이런 크리에이터들이 많이 나오겠구나'라고 생각하면서 봤습니다. 그리고 감독님의 작품은 스토리와 그림도 그렇지만 대사도 재미있었어요. 그래서 DVD를 빌려 보고는 했습니다.

—그러셨군요! 그렇다면 이번 의뢰를 받았을 때의 인상은……

놀랐습니다. 제 웹사이트에 음원을 몇 개 공개하고 있는데 액션물이 꽤 많습니다. 그런데 왜 내게 의뢰해 온 거지? 라는 생각이 들어서요(웃음). 기쁨과 동시에 불가사의한 느낌이 들었습니다.

—그러네요. 감독의 작품 스타일을 생각하면 활극과는 방향성이 조금 다른데요. 그래서 일단 감독을 만났나요?

네. 그랬습니다. 제가 시애틀에 살고 있어서 원격으로 만난 게 처음이었습니다. 그때 이미 비디오 콘티가 완성되어 있어서 그것을 보

부분에는 샤쿠하치(尺八, 피리의 일종) 같은 소리가 들렸어요.

실은 그거 샤쿠하치 아니에요. 실은 우리 집에 있는 작은 대나무 피리인데 원래는 알토 리코터 정도의 높은 소리가 나는데 녹음한 뒤 아주 낮은 음으로 디지털 가공한 겁니다. 미미즈가 나오는 장면은 살짝 비현실적인 세계로 끌려 들어가는 거니까요. 게다가 미미즈 자체는 스즈메와 소타 이외에는 보이지 않는다는 설정이라. 그렇다면 실존하지 않는 악기를 쓰면 재밌지 않을까 했죠. 처음 「폐허의 온천 마을」을 만들 때 일단 장면을 따라 음을 배치했는데 뭔가 색다른 게 있을까 싶어서. 미미즈는 대지의 에너지를 드러낸 것이니 그 숨결을 느끼게 하고 싶었습니다. 그런 걸 표현하려면 피리가, 게다가 오보에처럼 리드가 울리며 음이 나오는 악기보다 관이 울리는 악기가 거친 울림이 되지 않을까 했죠.

—그래서 다른 미미즈 장면에도 그 피리 소리가 사용되었군요.

「폐허의 온천 마을」을 만들었을 때 정말 열심히 피리 소리를 샘플링했습니다. 나중에 언제든지 쓸 수 있도록 라이브러리로 저장해두었죠. 처음에 "이 소리는 아니에요"라고 하면 바로 다른 걸 쓰려고 했

일본적이면서도 현대적인 게 중요했습니다.

여주셨죠. 그리고 일단 한 곡을 만들어 달라고 했어요. 이전 작품보다 스케일이 큰 음악이 울리는 장면을 한번 들어보고 싶다고요. 그러면서 일단 처음으로 미미즈가 출현하는 장면의 곡을 써달라고 했어요.

—온천 마을에 있는 돔 스타일의 폐허에 나오는 곡(「폐허의 온천 마을」)이죠?

비디오 콘티에는 이미 감독이 편집한 임시 음악이 있었어요. 그걸들으니 어디를 명확하게 하고 어디를 자유롭게 해도 되는지 파악하기 쉬웠어요. 그리고 영화 오프닝으로서 아주 좋은 흐름 같았죠. 스즈메가 소타를 발견하고 뒷문을 닫는 일련의 액션까지는, 미미즈의 미스터리한 존재감에서 점점 위기감이 늘어나고, 액션이 끝나도 여전히 수수께끼로 남은 채 영화 제목으로 이어진다는. 매우 영화적인 장면이고 음악으로 그것을 잘 연출하면 좋겠다는 생각이 들었어요.

—「폐허의 온천 마을」의 첫

는데(웃음), 오케이 사인을 받아서 다행이었죠.

—그때부터 본격적인 음악 작업이 시작되었을 듯한데 영화 음악의 멜로디는 어딘가 '일본적'인 게 많은 것 같아요.

맞습니다. 이것도 감독님과 대화하면서 정리된 건데 어쨌든 '일본적'인 요소는 필요하다고. 물론 '일본적'인 것을 연출하는 데는 여러 방법이 있습니다. 실제로 처음 「폐허의 온천 마을」을 썼을 때는 일본 전통악기인 태고를 사용했습니다. 그런데 그건 또 지나치게 '일본적'이더라고요. 그래서 사고방식을 바꾸기로 했죠.

—일본 태고가 아닌 방법으로 '일본적'인 것을 표현하겠다고?

역시 멜로디나 프레이즈로 표현하는 게 좋을 듯했습니다. 예를 들어 입원해 있는 소타의 할아버지를 스즈메가 방문하는 장면에서도 살짝 생황(아악에 사용하는 관악기) 소리 ▶

진노우치 카즈마
1979년생. 히로시마현 출신. 게임 〈메탈기어 솔리드〉 시리즈의 작곡 담당을 계기로 2006년부터 게임과 영화, 애니메이션 음악을 담당해왔다. 게임 〈Halo 5:Guardians〉(2016)로 영국아카데미상 음악상 후보에 오르기도 했다. 마블 작품 게임 〈Maevel's Iron Man VR〉(2019), 애니메이션 작품으로는 넷플릭스 〈ULTRAMAN〉(2019), 〈공각기동대 SAC_2045〉 등을 담당했고 〈명탐정 피카츄〉와 〈주만지/넥스트 레벨〉이라는 할리우드 작품의 작곡팀에도 참여했다. 미국 워싱턴주 시애틀과 캘리포니아주 LA를 거점으로 활동 중이다.

▶ 같은 하모니가 나옵니다. 하지만 그건 생황이 아니라 오케스트라 악기를 이용해 연주한 겁니다. 요컨대 일본 악기를 사용하지 않은 '일본' 음악이라고 할까요? 신카이 감독님의 작품은 대중적인 요소가 잘 어울려서 태고까지 가면 좀 지나친 느낌이 듭니다. 실제로 아주 옛날 얘기를 하는 것도 아니라는 점이 중요했습니다.

—그것은 〈스즈메의 문단속〉에 국한되는 얘기가 아니죠. 신카이 감독 작품의 핵심일지도 모릅니다. 작업하면서 특히 힘들었던 곡이 있었나요?

거의 전부요(웃음). 「폐허의 온천 마을」도 제출할 때까지 2주 정도 고민했고 다른 곡도 장면이 무거운 게 많았어요. 대충 때운 곡은 하나도 없어요. 역시 음악이 붙는 장면은 다 특별했어요.

—전부 명확한 의도로 쓰였군요.

신카이 감독님은 의외로 멜로디를 선호하시는 분이라고 느꼈습니다. 예를 들어 '여기는 분위기만 남기고 조금 음을 줄여 틈을 잇는 느낌으로 가자'라고 생각하면 감독님은 "귀에 닿는 소리가 필요해요"라고 말했죠. 노래할 수 있는 요소가 꼭 있어야 한다고 해야 할까, 그런 곡 구성을 좋아하셨어요. 그것도 신카이 사운드의 특징이라고 생각하는데 특히 처음에는 적응하느라 고생했습니다.

—장면이나 캐릭터의 심정과 호응하는 멜로디가 요구되었군요.

그렇습니다. 게다가 멜로디를 넣었을 때 거기에 의미가 없어서도 안 돼요. 어딘가 다른 장면에 사용되는 곡의 멜로디와 이어지거나 어떤 관련성을 지녀야만 하죠. 멜로디가 복선이 되어야 해서 그 복선을 어디서 회수할 것인지도 상당히 생각했습니다.

—곡에 대해 좀 자세히 몇 가지 묻고 싶은데 특히 주력한 곡은 무엇입니까?

우선은, 역시 「폐허의 온천 마을」입니다. 미미즈라는 정체 모를 존재가 등장하고 이

야기의 사명 같은 게 명확해질 때까지의 일련의 장면이라 그 변화의 재미를 듣는 것만으로 느낄 수 있을지, 영화 음악답게 만들어질지 생각이 많았습니다.

—「폐허의 온천 마을」 이외에도 어떤 곡을 추천하십니까?

아무래도 후반부의 곡들입니다. 사운드트랙이라면 「저세상」부터 「문단속」까지의 일련의 흐름에 이야기의 모든 걸 담은 구성입니다. 그중에서도 노다 요지로 씨와 공동작업한 「문단속」은 아주 인상적이었습니다. 극 중에 나오는 「스즈메」의 멜로디인데 이 장면의 음악 구성은 정말 감독님의 세계관이 녹아 있는 구성입니다. 최종적으로도 한 번 다시 고쳐야 했는데 어린 스즈메가 우두커니 있는 장면에서 오로지 「스즈메」의 멜로디를 반복하며 감정을 증폭시킵니다.

—작품 속에서 강하게 기억에 남는 장면이죠.

마지막, 하늘이 움직이기 시작하고 밝아지는 데 맞춰 스즈메의 "언젠가 반드시 아침이 와"라는 대사와 함께. 그곳은 「스즈메」의 멜로디가 정말 착 붙었습니다. 물론 그 앞의 감정의 증폭은 노다 씨의 멜로디가 있었기에 이런 감동적인 장면이 되었겠죠. 편곡한 보람이 있는 곡이었습니다.

—노다 씨와 작업하면서 인상이 남은 점이 있었다면?

런던의 애비로드 스튜디오에서 녹음했는데 그곳에 노다 씨도 계셨어요. 이틀에 걸쳐 노다 씨와 오케스트라 디렉션을 했는데 노다 씨

는 〈스즈메의 문단속〉의 음악을 아주 정직한 음으로 마주하시더군요. 정직한 메시지를 품고 녹음에 임하는 모습을 바로 옆에서 볼 수 있었던 게 인상적이었습니다. 이런저런 방법을 써서 하나의 장면을 만드는 건 의외로 간단합니다. 하지만 노다 씨는 그렇게 하지 않고 핵심적인 메시지만 어떻게 전달할지만 생각해요. 그런 마음으로 곡을 쓰는 노다 씨의 자세가 〈스즈메의 문단속〉이라는 작품과 정말 잘 맞았죠. 저는 그런 그를 돕고 지원하는 작업을 했는데 그 자체가 이제까지의 일과는 완전히 다른 신선함이 있었습니다.

—신노우치 씨는 실사 영화와 드라마, 게임 등 폭넓은 장르에서 활약했는데 그것들과 비교해 〈스즈메의 문단속〉은 어떤 차이가 있었나요?

이는 틀림없이 신카이 감독의 작품이기 때문이라는 것으로 정리될 듯한데…… 아까도 말했듯 신카이 감독님에게 '귀에 닿는 소리'를 요구받은 점이죠. 지금까지는 일단 음악이 빠진 다음에 다른 음이 앞으로 나오죠. 이번 작품은 음악적 주장을 더 요구하는 작품이었고 작곡에 대한 접근이 완전히 다른 작품이었습니다. 이제까지 해보지 못한 경험이었습니다.

토아카 十明

[주제가]

토아카
2003년생. 도쿄 출신. 뮤지션을 꿈꾸며 노래하는 동영상을 TikTok에 올렸다. 첫 오리지널 곡 「인어공주」가 주목을 받아 그녀의 목소리가 제 작진에게도 알려져 이번 오디션에 참가하게 되었다. 타고난 원석이라고 할 수 있는 천성의 재능으로 노다 요지로와 신카이 마코토 감독을 매료 시켰다.

—이번에 오디션을 통해 발탁되었다고 들었습니다.

제 SNS에 갑자기 "오디션에 참가하지 않으실래요?"라는 DM 연락이 온 게 시작입니다. 그 후 데모 음원이 왔고 거기에 제 목소리를 녹음해 보냈더니 "다음은 대면이니 스튜디오로 오세요"라는 연락을 받았죠. 그 뒤에 조금 있다가 이번에는 전화로 "RADWIMPS라고 아세요?"라고 해서 "물론이죠. 아주 좋아해요"라고 대답했습니다.

—그때까지 무슨 오디션인지 모르셨어요?

네. 맞아요. 그래서 '그 데모가 RADWIMPS의 곡이었나?'라고 생각했죠. 게다가 오디션 당일 아침이 되어서야 다시 전화가 와서 "오늘은 신카이 마코토 감독님도 오세요"라고 하잖아요. '이게 무슨 소리야?!'라고 당황하면서도 '어쩌면 혹시'라는 생각도 했죠 (웃음).

—신카이 감독과 RADWIMPS의 조합이라면 당연히 신작을 연상했겠네요.

직전에 감독님 얘기를 해준 것은 갑자기 오디션장에서 감독님을 보고 긴장하지 말라고 배려한 듯한데 그래도 정말 긴장을 많이 했습니다. 감독님과 두 번째 만났을 때 "오디션 때는 울 것 같았어요"라고 놀리셨어요(웃음).

—발단을 말하자면 이번 오디션 참가는 토아카 씨의 틱톡이 계기였다고?

네. 그곳에서 제 오리지널 곡을 들으셨대요. 이번의 「스즈메」 같은 곡을 부른 것도 아니

과거에서 현대로 계속 흘러온 '시간'과 그곳에 담긴 신을 떠올리며 노래했습니다.

고 노래하는 방식도 달랐는데 나중에 "다양한 레퍼토리와 가성을 지닌 게 좋았다"라고 말씀하셔서 아주 기뻤습니다. 계속 음악을 하고 싶다는 꿈을 품고는 있었지만, 그 무렵 되는 게 하나도 없어서 '이제 그만할까?'라고 실망하던 중이었거든요. 그런 타이밍에 오디션 얘기가 왔고, 게다가 음악을 중요하게 생각하는 신카이 감독님의 작품에서 주제가를 부르게 되다니. 놀랍다기보다 정말 감사하는 마음이 커요.

—레코딩은 어땠나요?

처음 해보는 거라 처음에는 긴장했는데 노다 요지로 씨를 비롯해 모든 분이 따뜻하게 대해주시고 여러모로 가르쳐주셨어요. "마음대로 부르면 된다"라고 하셔서 즐겁게 도전했습니다.

—특히 의식한 점이 있다면?

처음 데모를 들었을 때 일본적인 이미지가 제 안에 퍼졌어요. 최종적인 노래의 편곡도 크게 다르지 않았고요. 또 영화의 세계관도 내가 상상한 것과 크게 다르지 않았기 때문에 데모를 녹음할 때의 기분을 떠올리며 노래했습니다. 레코딩 중에 머릿속으로 그린 것은 조금 신비로운 세계였어요. 저는 평소 정령이나 일본의 신들을 생각하는 걸 아주 좋아해요. 과거에서 현대까지 줄곧 흘러온 '시간' 속에 신도 깃들어 있다고 생각해요. 그런 생각을 막연하게 하면서 노래했습니다. 또 저는 노래하면 손을 빙빙 돌리는 버릇이 있는데 그 역시 무의식적으로 끊임없는 흐름과 원을 체현한 것일지도 몰라요.

—정말 토아카 씨가 노래하는 「스즈메」에서는 유구한 흐름이 느껴져요.

정말 기뻐요. 「스즈메」의 첫 부분이 '루루루'라는 허밍으로 시작하는데 저는 각각의 음을 점으로 나누지 않고 아주 가는 실로 이어진 듯한 모습을 의식하며 불렀어요. 목소리와 곡에 담긴 세계가 크게 퍼졌다가 곧 가늘어지고 또 퍼져 나가죠. 그런 흐름이 반복되는 분위기를 느끼길 바랐어요.

—감독에게는 어떤 얘기를 들었나요?

"역시 이 곡에는 토아카 씨의 목소리가 필요했네요"라고 말씀해주셨어요. 그 말에 정말 흥분했죠.

—노다 씨는 "토아카 씨는 타고난 목소리를 지니고 있다"라고 말했어요. 본인은 자기 목소리를 어떻게 생각하나요?

솔직히 제 목소리나 노래하는 방식을 좋아하지 않았어요. 고등학교 때 사람들 앞에서 노래했는데 좋은 평을 받지 못해 콤플렉스가 되었죠. 그래서 SNS에 공개한 동영상에서도 평소와는 다른 목소리를 내는 곡을 굳이 선택했어요. 하지만 이번에 감독님이 칭찬해주셔서 자신감이 생겼고, 노다 씨도 "자신을 소중히 여기는 사람의 말을 믿어"라고 하셔서 저 자신을 그대로 받아준 것 같은 느낌이 들었어요. 지금은 제 목소리에 긍정적인 마음을 지니게 되었고 그런 안식처를 마련해 준 여러분에게 정말 감사해요.